I0561471

CHANSONS

D'UN EMPLOYÉ

MIS A LA RETRAITE

IMPRIMERIE DE E DUVERGER,
Rue de Verneuil, n° 4.

CHANSONS
D'UN EMPLOYÉ.

MIS A LA RETRAITE,

RECUEILLIES ET PUBLIÉES PAR L'AUTEUR,

M. COUPART,

MEMBRE DU CAVEAU MODERNE
ET DES SOUPERS DE MOMUS

PARIS,

DELAUNAY, LIBRAIRE,
PALAIS ROYAL, Nᵒˢ 182 ET 183

BARBA, EDITEUR DE PIÈCES DE THEATRE,
PALAIS ROYAL, GALERIE CHEVET

LADVOCAT, QUAI VOLTAIRE ET PALAIS ROYAL.

ET CHEZ L'AUTEUR, RUE DU BAC, Nᵒ 29.

1830.

CHANSONS

D'UN EMPLOYÉ

MIS A LA RETRAITE

•••

DANS LE MALHEUR

ON CONNAÎT SES AMIS *.

Air du vaudeville du Passepartout,
Ou Connaissez mieux le grand Eugene.

Touchés du malheur d'un confrère,
Vers toi nous avons couru tous ;
Pour toi ce que tu nous vis faire,
Toi-même l'aurais fait pour nous.
De l'amitié connaissant l'avantage,
Et pour mieux en goûter les fruits,

* Ces couplets ont été chantés dans un banquet offert à
mon ami M D.. , au bénéfice de qui l'on donna une repré
sentation, à laquelle s'empressèrent de contribuer *Potier*,
Lepeintre, *Paul*, madame *Montessu*, sa sœur, et autres ar
tistes distingués.

1

En tous nos cœurs est gravé cet adage :
Dans le malheur on connaît ses amis. (*bis.*)

(Reprise en chœur.)

En tous nos cœurs, etc.

Hélas ! une trop longue absence
Te sépara d'amis bien chers ;
Forcé de faire penitence,
Combien tu maudissais tes fers !
Mais nous t'avons rendu mainte visite,
Qui parfois charmaient tes ennuis,
Et ta prison fut souvent trop petite :
Dans le malheur on connaît ses amis. (*bis.*)

Au théâtre la bienfaisance
Est exercée avec ardeur,
Et l'on a vu dans cette circonstance
Qu'un grand artiste a toujours un bon cœur.
Oui, des vertus reconnaissant l'empire,
Les acteurs en sont plus chéris ;
C'est au théâtre enfin que l'on peut dire :
Dans le malheur on connaît ses amis. (*bis.*)

Ami, dans le cours de ta vie,
Du sort tu connus la rigueur ;

Puisse la fortune ennemie
Pour toi se changer en bonheur !
Si quelque jour ce bonheur t'importune,
A tes plaisirs, à tes banquets admis,
Nous t'aiderons à manger ta fortune :
Dans le malheur on connaît ses amis. (*bis.*)

Au président *, que franchement on aime,
   Je propose mainte santé ;
Il faut surtout, dans notre joie extrême,
   Il faut boire à sa liberté.
Il se pourrait, emporté par mon zèle,
   Que je me trouvasse un peu gris;
Soutenez-moi, messieurs, si je chancelle :
Dans le malheur on connaît ses amis. (*bis.*)

   Quand on me mit à la retraite,
   J'en conviens, je fus accablé ;
   Mais l'amitié, payant sa dette,
   Par ses doux transports m'a comblé.
Oui, mes amis, vers moi prenant leur course,
Pour me servir se sont tous réunis;
Ils m'ont ouvert leurs bras, leur cœur, leur bourse :
Dans le malheur on connaît ses amis. (*bis.*)

   * M. D... était président des *Soupers de Momus*

4

JE N'AI PAS DE COMPTE

A VOUS RENDRE.

Air du vaudeville de Catmat a Saint-Gratien,
ou de Lasthénie.

Pour le *Caveau* lorsque je fais
Une chanson ou bien un compte,
Toujours de mes faibles essais
Je me plais à vous *rendre compte*.
Voici plus d'un nouveau couplet:
Amis, veuillez bien les entendre;
Vous m'en demandez le sujet:
Je n'ai pas de compte à vous rendre.

Je vais m'absenter quelque temps,
A sa femme disait *Oronte*;
De l'emploi de tous vos instans,
Madame, vous me *rendrez compte*.
— Il ne faut pas *compter* ainsi,
Répond l'épouse sans attendre;

Puisque vous êtes mon mari,
Je n'ai pas de compte à vous rendre.

A ses désirs toujours cédant,
Il est plus d'un duc ou d'un comte
Qui redoit à son intendant
D'après maint relevé de *compte*.
Moi, je n'ai pas de créanciers;
Mais, quoi que vous puissiez prétendre,
Je n'ai rien, mes chers héritiers...
Je n'ai pas de compte à vous rendre.

Loin de nous plaindre des journaux,
Ah ! *rendons* justice à leur zèle;
De tous les ouvrages nouveaux
Ils *rendent* un *compte* fidèle.
Bien heureux est le rédacteur
Lorsqu'une pièce n'a pu prendre;
En deux mots il dit au lecteur :
Je n'ai pas de compte à vous rendre.

Coquette et de joyeuse humeur,
Une pupille jeune et belle
Répétait à son vieux tuteur :

1.

Voyons mon *compte* de tutelle.

(Imitant le vieillard.)

— Moi, je ne veux que votre bien ;
Pour vous ma flamme est vive et tendre :
Épousez-moi ; par ce moyen
Je n'ai pas de compte à vous rendre.

Un homme ivre se fait porter
Dans une voiture de place ;
Le cocher l'aidant à monter,
Dit : « Où faut-il aller, de grace ? »

(Imitant l'ivrogne.)

— Comment ! trop curieux faquin,
Crois-tu que j'aille te l'apprendre ?
Marche toujours, marche, coquin,
Je n'ai pas de compte à te rendre.

Lorsque vient la fin du repas,
Un traiteur vous chante aux oreilles :
Comptons le nombre de vos plats ,
Comptons le nombre des bouteilles.
Balaine est bien mieux entendu ;
Nous lui disons, sans plus attendre :
Nous avons tout mangé, tout bu ;
On n'a pas de compte à vous rendre.

Du destin, maint arrêt piquant
Nous déconcerte et nous démonte,
Et toujours on ignore quand
Il faut aller *rendre son compte.*
C'est en vain qu'on a du crédit,
Le destin ne veut rien entendre ;
Et son livre en tous temps nous dit :
On n'a pas de compte à vous rendre.

SUR DEUX ÉPOUX.

Air : Connaissez mieux le grand Eugène.

En tous temps ils sont en querelle ;
S'injuriant à qui mieux mieux,
C'est chaque jour une scène nouvelle ;
L'hymen est un enfer pour eux.   (*bis.*)
C'est vainement qu'on les rassemble,
L'un contre l'autre ils sont toujours outrés ;
Ils ne vivront d'accord ensemble
Que lorsqu'ils seront séparés.

●●

DIMANCHE APRÈS LA GRAND'MESSE.

Air   L'amour a gagné sa cause.
(D'ANGÉLIQUE ET MELCOURT.)

Puisqu'il le faut, chantons encor,
A votre voix je me ranime ;
De nouveau prenant mon essor,
Je vais m'exercer sur la rime.
Mon organe est mal assuré ;
Mais, voulant tenir ma promesse,
Sans nul retard je chanterai
   Dimanche après la grand'messe.   (*bis.*)

Censeur caustique, c'est en vain
Que, dans vos phrases peu nouvelles,
Vous blâmez mon goût pour le vin,
Vous blâmez mon goût pour les belles.
Sans doute vous avez raison
De prêcher ainsi la sagesse ;
Mais j'entendrai votre sermon
   Dimanche après la grand'messe.   (*bis.*)

« Mon banquier, vous dit un Gascon,
« Mé doit une assez forté somme. »
Vous lui prêtez, et c'est un don
Que vous faites à ce pauvre homme.
A coup sûr il vous promettra
De vous rembourser sur sa caisse;
Présentez-vous, il vous paîra
   Dimanche après la grand'messe.   (*bis.*)

Auprès d'une belle un galant
S'annonce pour le mariage;
L'imprudente au cœur innocent,
D'avance donne plus d'un gage.
Ne la trouvant plus à son gié,
Il s'éloigne de sa maîtresse,
Et lui dit : Je t'épouserai
   Dimanche après la grand'messe.   (*bis.*)

Un plaisant ayant de ma fin
Répandu la nouvelle fausse,
Bientôt arrive un aigrefin
Chargé de préparer ma fosse.
« Quel jour le convoi se fera ? »
Me demande sa voix traîtresse.

— Monsieur, dis-je, on m'enterrera
　Dimanche après la grand'messe.　　(*bis.*)

Tous les jours sont indifférens
Dès qu'il s'agit de rire et boire,
Ou quand, près de tendrons charmans,
Il faut tenter une victoire.
Bons amis, vous que je chéris
Avec une égale tendresse,
Pour vous voir jamais je ne dis :
　Dimanche après la grand'messe.　　(*bls.*)

●●

LE BELLE PREUVE.

Air : C'était le plus joli corsage.
(DE NINON)

Hélas ! quand je perdis ma femme,
On m'accusa, sans hésiter,
De n'avoir point aimé la dame
Et de ne point la regretter;
Tandis que depuis je succombe
A ma douleur qui dure encor,
Et l'on peut lire sur sa tombe
Tous mes regrets... en lettres d'or. (*bis.*)

11

ON NE SAIT PAS

CE QUI PEUT ARRIVER.

Air du vaudeville de la Jarretière de la Mariée,
Ou O ma Zelie!
Ou Le connais tu , charmante Eleonore ?

Au présent seul je consacre ma vie :
Trop vain espoir, un rien peut t'enlever ;
Sur l'avenir bien fou tel qui se fie :
On ne sait pas ce qui peut arriver.   (*bis.*)

Au dieu d'hymen si nous livrons notre ame ,
Que de périls nous avons à braver !
Oui, c'est surtout lorsqu'on prend une femme
Qu'on ne sait pas ce qui peut arriver.   (*bis.*)

Lorsque je vais le soir à l'Athénée ,
Me connaissant très sujet à rêver,
Je dors toujours la grasse matinée :
On ne sait pas ce qui peut arriver.   (*bis.*)

Ce cher public, lorsque je le régale
De nouveautés, dont j'aime à l'abreuver,
Je fais placer cent claqueurs dans la salle :
On ne sait pas ce qui peut arriver.   (*bis.*)

« Monsieu l'docteur (dit l'autre jour Nicette),
« J'ons un abcès qui sembl' vouloir crêver ;
« Qu' *m'arrivr'a-t il?*» — Hélas! pauvre fillette,
On ne sait pas ce qui peut arriver.   (*bis.*)

Buvons, buvons force jus de la tonne,
Si nous voulons toujouis bien nous trouver ;
Aux médecins lorsque l'on s'abandonne,
Ou ne sait pas ce qu'il peut arriver.   (*bis.*)

Fille et flacon, bien peu je les conserve ;
Mais ne pouvant pas du tout m'en privei,
J'en ai toujours cinq ou six en réserve :
On ne sait pas ce qui peut ariiver.   (*bis.*)

LE JEUNE HOMME INEXPÉRIMENTÉ.

Air Tout le long le long de la rivière

Bientôt je vais avoir vingt ans ;
C'est , dit-on, le plus heureux temps ;
On n'a plus l'ennui du college,
On jouit de maint privilége ,
Avec du talent, de l'esprit,
Sans intriguer l'on reussit.....
Ah! pardonnez mon inexpérience ,
A peine je sors de mon adolescence ,
A peine je sors d'adolescence.

Grec et latin, je les sais bien,
Passé cela je ne sais rien ;
Quand un inconnu fort honnête
Venant se jeter à ma tête ,
Me jure qu'il n'aime que moi,
Je crois qu'il est de bonne foi.....
Ah ! pardonnez mon inexpérience ,

2

A peine je sors de mon adolescence ,
  A peine je sors d'adolescence.

Dans le monde je vais entrer :
Sur lui qui voudra m'éclairer ?
Tout membre de l'académie
Me semble un homme de génie,
Et dans tel riche fournisseur
Je crois voir un homme d'honneur.....
Ah ! pardonnez mon inexpérience ,
A peine je sors de mon adolescence ;
  A peine je sors d'adolescence.

Jocko voit la ville et la cour ;
Quoi ! pour un singe ainsi l'on court !
Lorsqu'au boulevard on se presse,
Regnard , Molière, on les délaisse ;
Quelle en est la cause ? après tout ,
Est-ce une preuve de bon goût ?
Ah ! pardonnez mon inexpérience ,
A peine je sors de mon adolescence,
  A peine je sors d'adolescence.

Un jour l'hymen m'enchaînera ,
Et pour moi le bonheur naîtra ;

Une femme jolie et sage,
Bien sédentaire en son ménage,
Me fixera, me chérira,
Et jamais ne me trompera....
Ah! pardonnez mon inexpérience,
A peine je sors de mon adolescence,
A peine je sors d'adolescence.

Quoique mère d'un grand enfant,
Dame Alix affiche un amant;
Sur elle on fait mainte épigramme,
Cependant on reçoit la dame,
Ainsi que l'amant; mes amis,
Serait-ce l'usage à Paris?....
Ah! pardonnez mon inexpérience,
A peine je sors de mon adolescence,
A peine je sors d'adolescence.

Je crois l'auteur sans vanite,
Le joueur plein de probité;
Je crois sincère la coquette,
Et la prude sans amourette,
Je crois, tant je suis virginal,
Chaque journal

Impartial....
Ah! pardonnez mon inexpérience,
A peine je sors de mon adolescence,
A peine je sors d'adolescence.

SUR UN SOI-DISANT AUTEUR.

Par le nom d'auteur alléché,
Voulant se lancer sur la scène,
Dorval a fait certain marché
Qui lui laisse toute la peine.
Dorval n'écrivant pas fort bien,
Agit en homme de ressources,
Dans les pièces s'il ne fait rien,
C'est lui qui fait toutes les courses.

QUE SAIS-JE?

Air : Jardinier ne vois-tu pas?

Dans cet aimable banquet
  Amis que chanterai-je?
Un rondeau, si ça vous plaît,
Pour les dames un couplet....
    Que sais-je ?   (ter.)

Lise au gré de mes souhaits
  Quand donc vous obtiendrai-je?
— Aujourd'hui, demain, après,
Mais peut-être bien jamais :
    Que sais je ?   (ter.)

De sa moitié maint jaloux
  Croit savoir le manége;
Cher mari que savez-vous ?
Hé ! dites en bon époux :
    Que sais-je?   (ter.)

2.

On croit savoir tout souvent
  En sortant du collége ;
Le véritable savant
Dit toujours en s'instruisant :
        Que sais-je ?   (*ter.*)

Un jour, dit-on , nous mourrons,
  Quel triste privilége !
Si bien long-temps nous vivrons,
Et ce que nous deviendrons....
        Que sais-je ?   (*ter.*)

Avec vous , joyeux lurons,
  Combien de vin boirai-je ?
A cela moi je réponds :
Un , deux, trois , quatre flacons,
        Que sais-je ?   (*ter.*)

●●●

LE DIABLE N'Y PERD JAMAIS RIEN.

Air : Ma belle est la belle des belles.

Pour faire un gain considérable,
Tel à l'honneur disant adieu,
A fait toujours la part du diable,
Tout en rendant graces à Dieu.
S'il use de toute ressource,
Pour augmenter encor son bien,
Et s'il se ruine à la Bourse,
Le diable n'y perd jamais rien.   (*bis.*)

Je connais certain personnage,
En butte aux brocards des journaux ;
Sachant faire tête à l'orage,
Lui-même rit de leurs propos.
« Ah ! dit-il, toutes ces sornettes
« De me troubler n'ont nul moyen ! »
Pourtant, quand il lit les gazettes,
Le diable n'y perd jamais rien.

Au temps jadis envers les belles,
J'en conviendrai, j'eus bien des torts ;
Et quand je me trouvais près d'elles,
J'avais toujours le *diable au corps.*
J'ai quarante ans , me voilà sage ;
Mais dans un galant entretien ,
Quand je presse un joli corsage,
Le diable n'y perd jamais rien.   (*bis.*)

Moi, qui me conforme à l'usage,
Lorsque je perds à l'écarté,
On me voit un riant visage ,
Et j'affecte de la gaîté.
Je ne me fais point de reproches,
Et dis : « Soyons Épicurien ; »
Mais quand je visite mes poches,
Le diable n'y perd jamais rien.   (*bis.*)

J'ai pour tailleur un fort bon *diable*,
Très connu par sa bonne foi;
Il dit (c'est un homme croyable)
Qu'il ne gagne rien avec moi;
Mais il prend si bien ses mesures,
En coupant , il agit si bien,

Qu'en *perdant* sur ses fournitures,
Le diable n'y perd jamais rien.   (*bis.*)

En vain à son heure dernière
Souvent un pauvre *diable* croit
Du diable apaisant la colère ,
En paradis aller tout droit.
Il se recommande à la Vierge ,
Et dit : Je meurs en bon chrétien ;
Mais bien que le bedeau l'asperge ,
Le diable n'y perd jamais rien.   (*bis.*)

SUR UNE FEMME AIMANTE.

Air : Chantons le vin , chantons l'amour.
(DU CALIFE)

Vous connaissez la dame Hortense :
Elle *aime* beaucoup les banquets ;
Le spectacle, ainsi que la danse ,
A pour elle beaucoup d'attraits.
D'un caractère *aimant*, elle *aime*
Son chien et son chat à l'extrême ;
Son perroquet d'elle est chéri :
Elle *aime* tout... hors son mari. (*bis.*)

●●

C'EST LE BON DIEU QUI LE PUNIT.

Air du vaudeville des Dehors trompeurs.

A tromper les filles, les femmes,
Tel garçon trouve du plaisir;
Riant du chagrin de ces dames,
Il appelle cela jouir.
Mettant un terme à la folie,
Et blâmant les plaisirs qu'il prit,
Le garçon un jour se marie:
C'est le bon Dieu qui le punit.   (*bis.*)

Il est certain millionnaire,
Que je connus bien pauvre, hélas!
C'était un fort joyeux compère,
Faisant honneur à nos repas.
Mais devenu plein d'arrogance,
Il est triste et sans appétit,
Il regrette son indigence:
C'est le bon Dieu qui le punit.   (*bis.*)

Rose, charmante en sa jeunesse,
Rose avait maint adorateur;
Mais, insensible à la tendresse,
Rien ne put amollir son cœur;
Aujourd'hui vieille, insupportable,
En tous lieux c'est à qui la fuit;
Rose est laide enfin comme un *diable*,
C'est le bon Dieu qui la punit.   (*bis.*)

Un huissier de ma connaissance
M'avait saisi plus d'une fois;
C'était un homme d'importance,
Connu par ses nombreux *exploits*;
Ne pouvant acquitter la somme
D'un billet que naguère il fit,
A son tour on saisit mon homme:
C'est le bon Dieu qui le punit. (*bis.*)

Pour les autres des plus sévères,
Mais pour lui des plus indulgens,
Certain auteur de ses confrères
Dit du mal à tous les instans;
En leur parlant il les persiffle,
De leurs chutes le méchant rit;

Lui-même à son tour on le siffle :
C'est le bon Dieu qui le punit.   (*bis.*)

Tel docteur qui se dit habile ,
Fait son éloge à tous propos ,
A ses avis est-on docile ?
On va vite au champ du repos.
Je pourrais citer à la ronde
Tout ce que dans ce genre il fit ;
Lui-même il part pour l'autre monde :
C'est le bon Dieu qui le punit.   (*bis.*)

SUR L'ÉGOISME.

Air du vaudeville du Remouleur et la Meunière.

L'égoisme est fort à la mode ,
Nous nous en apercevons bien ;
Partout on suit cette méthode :
Quand on n'a rien , on n'obtient rien.
Chacun poursuit sa propre affaire ,
Et dit, ne pensant que pour soi :
Si pour moi tu ne peux rien faire ,
Je ne puis rien faire pour toi.

●●

J'AI DE L'ARGENT.

Air du premier Pas.

J'ai de l'argent....
Que ce mot a d'empire !
Heureux qui dit à l'honnête indigent :
« De la misère, ami, je te retire,
« Et dès ce jour doit cesser ton martyre,
J'ai de l'argent ! (*bis.*)

J'ai de l'argent....
On me fait bonne mine,
A me servir on est fort diligent,
Et celébrant mon illustre origine,
Chacun se dit mon cousin, ma cousine...
J'ai de l'argent ! (*bis.*)

J'ai de l'argent....
Fillette jeune et belle
A pour moi seul un regard obligeant ;
Si je la presse, elle n'est pas cruelle,

3

Je ne saurais trouver une rebelle....
 J'ai de l'argent ! (*bis.*)

 J'ai de l'argent....
 A plaider je m'expose,
Je vais trouver greffier et président ;
Aux droits acquis je sais ce que j'oppose ,
Je suis tranquille.... et je gagne ma cause...
 J'ai de l'argent ! (*bis.*)

 J'ai de l'argent....
 Ma table est bien garnie,
Et j'ai toujours de l'esprit , du talent ;
En prose , en vers , on vante mon génie ,
Ma place enfin est à l'académie ...
 J'ai de l'argent ! (*bis.*)

 J'ai de l'argent....
 J'excite un peu l'envie ;
Auprès de moi tourne maint intrigant ;
En me flattant il dénigre ma vie ,
Même au besoin parfois me calomnie ,
 J'ai de l'argent ! (*bis.*)

J'ai de l'argent....
De la mort tributaire,
J'aurai du moins un corbillard brillant ;
A mon convoi l'on verra, je l'espère,
Suisse, bedeau, chantre, curé, vicaire,
J'ai de l'argent !   (*bis.*)

●●●●●●●●●●●●●●●●●●●●●●●●●●●●●●●●●●●●●●

A M. Merville,

AUTEUR DE LA FAMILLE GLINET.

Air : En deux moitiés le ciel, dit-on.

On s'honore de ses aïeux,
Quand on n'a pas d'autre mérite ;
Toi, pour ton mérite, en tous lieux,
Et pour ta *Famille* on te cite.
Cet éloge, quoique flatteur,
Ami, par la vérité brille :
Ta *Famille* te fait honneur,
Tu fais honneur à ta *Famille*.

ÇA NE PEUT PAS NUIRE.

Air du vaudeville du Combat des Montagnes,
Ou du Tocsin.

Loin de nous tous ces débats
    Qui font mon martyre ;
Mais qu'on chante en nos repas
    Ça ne peut pas nuire.

Lise a plus d'un amoureux,
    Nul d'eux ne soupire ;
Elle répond à leurs feux :
    Ça ne peut pas nuire.

Tel pour nuire à son rival,
    Lance une satire ,
Et dit : « Faisons-lui du mal, »
    Ça ne peut pas nuire.

Maint intrigant qui , je crois,
    Sait à peine écrire ,

A deux emplois à la fois,
   Ça ne peut pas nuire.

Voulant se mettre en crédit,
   Et pour qu'on l'admire,
Certain auteur s'applaudit,
   Ça ne peut pas nuire.

Sans envier l'opulent,
   Dont j'aime à médire,
Je soutiens qu'un peu d'argent
   Ça ne peut pas nuire.

De la paix goûtant le fruit,
   Amis, il faut rire
Le matin, le soir, la nuit,
   Ça ne peut pas nuire.

Français, n'ayons qu'un avis,
   Et c'est où j'aspire ;
Aimons-nous, soyons unis,
   Ça ne peut pas nuire.

Quand le vin du meilleur clos
   Ici nous inspire,

3.

N'oublions pas le bordeaux,
Ça ne peut pas nuire.

●●

A mon ami F...

Air : D'Angélique et Melcourt.

Pourquoi te consumer en vain
Afin de séduire ta belle ?
Tu lui fais maint petit quatrain :
Elle n'en est pas moins cruelle.
Allons , plus de témérité ,
Et d'un huitain fais-lui l'hommage :
Un quatrain plaît à la beauté ,
Un couplet bien davantage.

●●

Sur mademoiselle Modeste.

Ses traits sont beaux et sa taille est céleste;
Mais , si j'en juge , hélas ! par son renom ,
L'aimable et charmante *Modeste*
N'a de *modeste* que le nom.

LA CHANSON PAR GESTES.

Air : L'amour ainsi qu la nature.
(DE FANCHON)

Quand on sait faire fortune,
Rien ici-bas n'importune;
On vo is trouve de l'esprit,
En tous lieux on vous sourit.
Heureux qui la fît bien vite,
Et près de soi la fixa !
On a toujours du mérite,
Lorsque l'on sait *faire ça*.   (*bis*.)

(Reprise.)

On a toujours, etc.

Pour séduire une coquette
Je sais la bonne recette :
Fût-on contrefait, quinteux,
Sourd, hydropique et goutteux.
Auprès de grande et petite
Que l'Amour ou non blessa,

On a toujours du mérite ,
(Geste de compter de l'argent.)
Lorsque l'on sait *faire ça.*   (*bis.*)

Partisan de la cadence ,
Espoir de la contredanse ,
Petits *Duport* ou *Vestris* ,
Savez-vous passer un six ?
(Figurer un entrechat avec ses doigts.)
Chaque dame alors vous cite ;
Ainsi plus d'un se lança :
(Même geste.)
On a toujours du mérite ,
Lorsque l'on sait *faire ça.*   (*bis.*)

Au piquet, à la bouillotte,
Nul joueur ne me dégotte :
Je sais fort bien faire aussi
Un boston, un reversi.
Dans les lieux où l'on m'invite ,
Jamais on ne m'éclipsa :
On a toujours du mérite ,
(Geste de battre les cartes)
Lorsque l'on sait *faire ça.*   (*bis.*)

Au pistolet, à l'épée,
J'ai fait plus d'une équipée ;
Je sais parer un beau coup,
Et j'en sais porter beaucoup.
Des tireurs je suis l'élite,
Jamais on ne me perça :
On a toujours du mérite,
    (Geste d'un homme qui se met en garde.)
Lorsque l'on sait *faire ça*.   (*bis.*)

Voulez-vous parvenir? faites
Aux grands seigneurs des courbettes ;
Sur leur esprit, leurs talens,
Faites-leur des complimens.
Le flatteur qui sollicite
Ainsi toujours se poussa :
On a toujours du mérite,
    (Geste de courbettes.)
Lorsque l'on sait *faire ça*.

Qui sait l'art de la cuisine,
A la science divine ;
Ma moitié, femme de goût,
Sait fort bien faire un ragoût ;

Aux doux soins de la marmite ,
Tout son esprit s'exerça :
Femme a toujours du mérite ,
(Geste de remuer une casserole.)
Quand elle sait *faire ça.*   (*bis.*)

Tout homme sobre est maussade ,
Son langage est froid et fade ;
Aussi ne blâmons jamais
Les gourmands , ni les gourmets.
Qu'on soit ou non parasite,
Fût-on un Sancho Pança ,
On a toujours du mérite ,
(Geste de boire)
Lorsque l'on sait *faire ça.*   (*bis.*)

●●

L'ACTEUR ET LE DIRECTEUR.
(DIALOGUE.)

Mon talent t'est connu : sans tarder davantage,
A ton théâtre engage-moi.
—Assurément, mon ami, je t'engage...
Je t'engage à rester chez toi.

•••••••••••••••••••••••••••••••••••••••

PETITE REVUE,

OU

Les Contrastes.

Air : Faut d'la vertu, pas trop n'en faut.

Mon Dieu que le monde est plaisant,
Et combien il est amusant !

(Reprise en chœur.)

Mon Dieu , etc.

Tout ici-bas semble bizarre
Parmi ce pauvre genre humain ;
A ma gauche est un géant rare,
A droite j'aperçois un nain.

Mon Dieu, etc.

L'un est bien doux, l'autre est bien aigre,
L'un veut être vu, l'autre voir ;

L'un est tout gras, l'autre est tout maigre,
Celui-ci blanc, celui-là noir.

Mon Dieu, etc.

On voit le pour, on voit le contre ;
Objet hideux, objet charmant ;
Dans le même instant on rencontre
Un baptême, un enterrement.

Mon Dieu, etc.

Un fat se croit aimé des belles,
Un ignorant fait l'érudit :
Bien des Laïs font les cruelles,
Plus d'un sot fait l'homme d'esprit.

Mon Dieu, etc.

Mon voisin obtient une place,
Le voilà content comme un roi ;
Tandis que celui qu'il remplace
Pleure et regrette son emploi.

Mon Dieu, etc.

L'un fait de nombreuses largesses,
L'autre ne donne que fort peu ;

Tel a l'embarras des richesses,
Tel autre n'a ni feu, ni lieu.

Mon Dieu, etc.

Écrivant pour la bonne cause,
Et se disant impartial,
Quand un journal vante une chose,
Un autre alors en dit du mal.

Mon Dieu, etc.

Tel auteur, en brochant des pages,
Gagne tout l'argent du Pérou;
Tel autre fait de bons ouvrages
Qui ne lui valent pas un sou.

Mon Dieu, etc.

On m'a cité plus d'un vieux rêtre
Par l'amour encore enivré,
Et telle actrice qui veut être
Mise en terre par son curé.

Mon Dieu, etc.

4

Dans tous les cercles à la mode
Il faut jouer, ou babiller,
On y fait tout avec méthode,
Aussi l'on s'amuse... à bâiller.
Mon Dieu, que le monde est plaisant,
Et combien il est amusant!

●●

ON N'Y COMPREND PLUS RIEN.

Air du Pas redouble

FRANCHEMENT tout est merveilleux
Dans le siècle où nous sommes :
L'harpagon devient généreux,
Les enfans sont des hommes.
La coquette fuit le plaisir;
    Enfin, en sa jeunesse,
Une actrice vient de mourir
    D'un excès de sagesse *.

* Ce fait a été consigné dans les journaux de 1815.

●●●

IL FAUT CRIER.

COUPLETS ACCOMPAGNÉS DE CRIS.

Air · Verse encor,
Ou Il faut rêver.

Il faut crier, crier, crier, crier,
Oui, dans plus d'une affaire,
Crier est nécessaire ;
Il faut crier, crier, crier, crier,
Et tous, à plein gosier,
Crions qu'il faut crier.
(Reprise en chœur.)
Si, dès le matin,
Lorsque l'on se réveille,
On n'a pas soudain
Un gros flacon tout plein ;
S'il faut
Comme un sot,
Privé de sa bouteille,
Ami du caveau,
Boire un grand verre d'eau ,
Il faut crier, etc.

Sans nulle raison,
Si votre ménagère
Devient un démon,
A le ton furibond;
Cessez d'être bon,
Et pour la faire taire,
Prenant votre essor
Bien plus fort qu'elle encor,

Il faut crier, etc.

Le jour que l'hymen
Dans ses nœuds vous engage,
Si l'amour mutin
Vint de plus grand matin,
N'ayez nul chagrin,
Suivez un avis sage,
Filles de Paris,
Abusant vos maris,

Il faut crier, etc.

Quand un créancier
Grossier
Et malhonnête

Envoie un huissier ›
Pour se faire payer,
Sachant l'effrayer,
Il faut lui tenir tête,
Et pour renvoyer
Huissier
Et créancier,

Il faut crier, etc.

Messieurs les auteurs,
A vos nouveaux ouvrages,
Quand les cabaleurs
Font taire les claqueurs,
Riant des rieurs,
Méprisant leurs suffrages,
Plus que les siffleurs,
Et plus que les *crieurs*,

Il faut crier, etc.

Plus d'un comédien
Favori de Thalie;
Plus d'un tragédien
Que l'on applaudit bien,

4.

Comme à l'Opéra,
Qu'on nomme *académie*,
Chacun vous dira
Et vous répétera :

Il faut crier, etc.

De même au Palais
(Demandez à la ronde),
Pour avoir accès,
Pour gagner un procès,
Bref, de loin, de près,
En tous temps, dans le monde,
Veut-on réussir
Et veut-on parvenir ?
Il faut crier, crier, crier, crier ;
Oui, dans plus d'une affaire,
Crier est nécessaire ;
Il faut crier, crier, crier, crier ;
Crions à plein gosier,
Crions qu'il faut crier.

IL NE FAUT PAS CRIER POUR ÇA.

Air . Gnia que Paris,
Ou Chantez , dansez , amusez vous.

Fameux chanteurs qui nous bravez ,
Et dont tout le talent consiste
A pousser des sons élevés ,
Avec vous sur un point j'insiste :
Quand vous chantez en *sol* , en *la* ,
Il ne faut pas crier pour ça.

Auteurs , il est bien imprudent ,
Lorsque vous lancez des ouvrages ,
De compter sur votre talent ;
Redoutez plutôt les orages ;
Mais quand on vous critiquera ,
Il ne faut pas crier pour ça.

Depuis fort long-temps on l'a dit ,
Tout est hasard dans cette vie ;
Tel homme dans tout réussit ,

Tel en vain consume sa vie :
Si plus d'un fripon se poussa,
Il ne faut pas crier pour ça.

Maris, ne soufflez pas le mot
Si vos femmes sont infidèles ;
La plainte, en ce cas, est d'un sot ;
Il faut tout endurer des belles ;
Si par malheur on vous trompa,
Il ne faut pas crier pour ça.

Filles, pourquoi craindre l'amour ?
La chose est des plus naturelles ;
Quand on vous fait un doigt de cour,
Pourquoi vous montrer si cruelles ?
Belles, quand on vous le fera ,
Il ne faut pas crier pour ça.

Au dessert, lorsque nous trinquons,
Chers amis, jamais je ne boude ;
Et tant qu'il reste des flacons,
Je m'écrie, en levant le coude :
S'il faut les boire, on les boira ;
Il ne faut pas crier pour ça.

Vainement on craint le trépas ;
Tôt ou tard chacun, à la ronde,
Doit, hélas ! partir d'ici-bas,
Pour visiter un autre monde ;
Puisque toujours on trépassa,
Il ne faut pas crier pour ça.

AVIS.

Air. La maison de M. Vautour.

Femmes qui, pour vos chers maris,
Galans qui, pour maintes grisettes,
Vous tous qui, pour parens, amis,
Me demandez des chansonnettes,
Dans ce genre doux et benin,
Depuis trop long-temps je m'exerce ;
Cherchez un autre magasin,
Je me retire du commerce.

⊖⊖⊛⊖⊖⊖⊖⊖⊖⊛⊖⊖⊛⊖⊖⊛⊖⊖⊛⊖⊛⊖⊛⊖⊖⊛⊖⊛⊖⊛⊛⊖⊛⊖⊛⊖⊛⊖⊖⊛⊖⊖⊛⊖⊖

CONSEILS.

Air : J'ons un curé patriote

LORSQUE vous êtes malade,
Vous consultez le docteur;
Et tisane et limonade
Vous affadissent le cœur.
Ayez recours à Bacchus,
Buvez de son divin jus,
    Et le vin   (*bis.*)
Sera votre médecin,
Oui, sera votre médecin.

Si, contre son habitude,
Belle jouant la pudeur,
Veut faire avec vous la prude,
Et vous traite avec froideur,
N'en prenez aucun chagrin;
Amoureux, buvez soudain,
    Et le vin   (*bis.*)
Sera votre médecin,
Oui, sera votre médecin.

Vous qu'une critique amère
A le pouvoir d'affliger ;
Vous qu'un sifflet au parterre
Suffit pour décourager ;
Narguant siffleurs et censeurs,
Buvez, messieurs les auteurs,
  Et le vin   (*bis.*)
Sera votre médecin,
Oui, sera votre médecin.

Si votre femme jolie
Prête l'oreille aux galans,
A la sombre jalousie
N'abandonnez pas vos sens.
Pour bannir tous vos soucis,
Buvez, messieurs les maris,
  Et le vin   (*bis.*)
Sera votre médecin,
Oui, sera votre médecin.

Si l'été vous incommode,
Si l'hiver vous fait souffrir,
Il est un moyen commode
Dont vous devez vous servir :

Buvez, c'est le vrai moyen
De vous trouver toujours bien,
    Car le vin   (*bis.*)
De tous maux est médecin
Oui, de tous maux est médecin.

En faisant ma chansonnette,
Je comptais plaire aujourd'hui;
Loin de vous mettre en goguette,
Si je cause votre ennui,
J'en suis fâché, mes amis;
Buvez, c'est un bon avis,
    Et le vin   (*bis.*)
Sera votre médecin,
Oui, sera votre médecin.

Epigramme.

DROGUANT, d'une *pommade* est, dit-on, l'inventeur;
Tel est le point que je ne puis résoudre;
Mais j'affirme, sur mon honneur,
Qu'il n'a pas *inventé la poudre.*

A MON FRÈRE LE PROVINCIAL,

QUI, DEVANT VENIR A PARIS,

ME DEMANDA DES CONSEILS SUR L'EMPLOI DE SA
FORTUNE.

AIR. Ah! voilà la vie.

PRENDS, coûte qui coûte,
Un char élégant;
Fais ainsi la route,
Couché mollement :
Voilà la manière,
 Mon frère, (bis.)
Voilà la manière
De manger ton argent.

Dans la capitale,
Prends subitement,
Pour qu'on te signale,
Un beau logement :
Voilà la manière, etc.

5

Puisque tu te montes
En homme opulent,
Pour faire tes comptes
Prends un intendant :

Voilà la manière, etc.

Sur un point j'insiste ;
Il est important
Qu'un tailleur-artiste
T'habille à l'instant :

Voilà la manière, etc.

Auprès de nos belles
Montre-toi galant ;
A payer pour elles
Sois bien diligent :

Voilà la manière, etc.

Choisis pour maîtresse
Actrice à talent ;
Pour cette déesse
Fais l'extravagant :

Voilà la manière, etc.

Courant à ta perte,
Il faut très souvent
Tenir table ouverte
Au premier venant :

Voilà la manière, etc.

A la loi commune
T'assujétissant,
Risque ta fortune
A quelque brelan :

Voila la manière, etc.

Si ce train de vie
Te rend mal portant,
Prends, je t'y convie,
Un docteur savant :

Voilà la manière, etc.

Bref, dans la misère,
Sans le sou vaillant,
Emprunte, mon frère,
A douze pour cent :
Voilà la manière,

Mon frère,   (*bis.*)
Voilà la manière
De manger ton argent.

SUR LE MARIAGE.

Air . Chaque soir au boul'vard du Temple

Chacun contre le mariage
Ne cesse de se récrier ;
Cependant, on voit de tout âge,
Hommes, femmes, se marier.
Sans songer au sort de sa tête,
L'hymen pour nous a des attraits :
Si l'on pensait à la tempête,
On ne s'embarquerait jamais.

LE CHEMIN.

Air du Menage du garçon

Le plaisir, voilà mon seul guide ;
Je le dis avec vérité ,
Mon cœur ne fut jamais avide,
Je chéris mon obscurité.
Je passe heureusement ma vie
A chanter l'amour et le vin ;
Cependant, il me prend l'envie
De faire à présent mon *chemin*.

Ici-bas on a tort d'attendre ;
De tout il faut être à l'affût ,
Et dans ce qu'on veut entreprendre
On doit toujours aller au but.
Pour plaire à la blonde, à la brune ,
Avoir des triomphes certains ;
Pour arriver à la fortune ,
N'allons point par quatre *chemins*.

5.

L'intrigant, que rien n'embarrasse,
Ne craint pas les moyens honteux ;
Et lorsqu'il brigue quelque place,
Il prend des *sentiers* tortueux.
Soit qu'on l'ajourne ou qu'on le nomme,
S'abandonnant à son destin,
On voit l'homme franc, l'honnête homme,
Aller toujours droit son *chemin*.

Les plus doux instans de la vie
Sont ceux où l'on n'a que vingt ans ;
Cheminant avec son amie,
On peut aller vite et long-temps.
Mais quelle triste perspective
Offre l'homme sur son declin !
Las ! quand on est vieux il arrive,
De rester souvent en *chemin*.

Lorsque, s'ennuyant à Cythère,
Fuyant étiquette et grandeur,
L'Amour voyage sur la terre,
Les grandes routes lui font peur
Ce dieu met toute son étude
A cacher ses pas incertains,

On sait qu'Amour, par habitude,
N'aime que les étroits *chemins*.

Dans le court *chemin* de la vie,
Trop heureux qui peut éviter
L'ennui, l'hymen, l'orgueil, l'envie,
Et sait de peu se contenter !
Quant à moi, rien ne me tourmente,
Luron et toujours bon humain,
J'aime, je bois, je ris, je chante,
Et sais embellir mon *chemin*.

⦁⦁⦁

SUR UN GASTRONOME.

GRAND politique et gourmand d'impor-
tance,
Au conseil comme à table il ne menage rien ;
Je ne sais pas comment il *pense*,
Mais je sais qu'il se *panse* bien.

●●●

JE N' SAIS PAS SI VOUS L' SAVEZ.

Air : Eh ! ma mere , est c'que j'sais ça !
Ou du vaudeville de Claudine

ENFANS de *Panard,* j'ignore
Vos secrets pour bien chanter ;
Mais il m'est permis encore
De vouloir vous imiter.
Bien que ma voix soit peu nette,
Je veux, si vous m'approuvez,
Tracer une chansonnette...
Je n' sais pas si vous l' savez.   (*bis.*)

Chaque jour on nous inonde
D'ouvrages qu'on dit nouveaux ;
Pour les voir la foule abonde,
Les croyant toujours très beaux.
Du talent ils n'ont que l'ombre,
Quelques-uns sont approuvés ;
Mais on en siffle un grand nombre...
Je n' sais pas si vous l' savez.   (*bis.*)

Pourquoi secher sur un livre
Et le matin et le soir ?
Mes chers amis, pour bien vivre,
Faut-il donc tant de *savoir?*
Pour enrichir notre style
De mots du goût approuvés,
On dit le grec fort utile,
Je n' sais pas si vous l' savez.　　　(*bis.*)

Je *sais* qu'on aime les femmes,
Et que leurs attraits vainqueurs
Captivent nos faibles ames
Par des dehors enchanteurs.
Mais, pour nous tromper, ces belles
Ont des secrets éprouvés ;
Il en est peu de fidèles...
Je n' sais pas si vous l' savez.　　　(*bis.*)

Je *sais* qu'une bonne table,
Je *sais* que de bons vins vieux,
Sont une chose agréable
Qui rend les hommes joyeux.
Quand de trop boire on s'avise,
(De tels faits me sont prouvés),

Je *sais* qu'à table on se grise ;
Je n' sais pas si vous l' savez.   (*bis.*)

A MES AMIS,

QUI AVAIENT RÉSOLU DE COURONNER UN AUTEUR
APRÈS LA REPRÉSENTATION D'UN DE SES OU-
VRAGES SUR UN THÉATRE DE SOCIÉTÉ.

Air Trouverez vous un parlement.

Puisqu'en ce jour nous couronnons
Damon, auteur que chacun cite,
Une couronne de chardons
Est ce qu'à bon droit il mérite ;
Pour lui ce sera tout profit,
Et l'occasion sera bonne :
Si *Damon* se sent appétit,
Il pourra manger sa couronne.

LE JOURNALISTE,

ou

Prospectus d'un nouveau journal.

Air Gnia que Paris

Lecteurs, dans mon nouveau journal
Je veux être un juge sévère ;
Bien que censeur impartial,
Je puis devenir debonnaire ;
Voici le moyen, entre nous :
    Abonnez-vous.   *(quater.)*

Voulez-vous, messieurs les auteurs,
Que jamais on ne vous persiffle ?
Voulez-vous, messieurs les acteurs,
Être vantés quand on vous siffle ?
Voici le moyen, entre nous :
    Abonnez-vous.   *(quater.)*

Et vous, actrices que le temps
A, malgré tout, un peu vieillies,
Voulez-vous n'avoir que vingt ans,
Être toujours jeunes, jolies?
Voici le moyen, entre nous :
    Abonnez-vous.   *(quater.)*

Vous, faiseurs de mauvais romans,
Qu'on voit rester chez le libraire,
Pour qu'on dise qu'ils sont charmans
Et qu'en tous lieux ils savent plaire,
Voici le moyen, entre nous :
    Abonnez-vous.   *(quater.)*

Traiteurs, chez qui l'on dîne mal,
Qui, pour beaune, offrez du surêne,
Pour qu'on dise, dans mon journal,
Que vous valez *Véry, Balaine,*
Voici le moyen, entre nous :
    Abonnez-vous.   *(quater.)*

Usuriers, devenus *Cresus,*
Banqueroutiers millionnaires,
Pour qu'on exalte vos vertus,

Qu'on fête vos anniversaires,
Voici le moyen, entre nous :
    Abonnez-vous.   (*quater.*)

Généraux, que l'on ne vit pas,
Ou qu'à l'armée on vit à peine,
Si vous voulez, dans tous les cas,
Être des *Bayard,* des *Turenne,*
Voici le moyen, entre nous :
    Abonnez-vous.   (*quater.*)

Vous, ministres, que tour à tour
L'on critique, l'on injurie,
Désirez-vous que chaque jour
On fasse votre apologie ?
Voici le moyen, entre nous :
    Abonnez-vous.   (*quater.*)

LA CHALEUR.

CHANSON FAITE PENDANT LA CANICULE.

Air Comme a Paris

De nos jours que de gens on voit
Chanter le chaud, chantèr le froid!
Le froid engourdit le poète.
Et glacerait ma chansonnette;
Ce que je chante avec ardeur
    C'est la chaleur. (4 *fois.*)

Au théâtre nos amoureux
Semblent avoir jeté leurs feux;
Soit qu'ils brûlent, soit qu'ils sanglottent,
On dirait toujours qu'ils grelottent;
Si l'on s'en rapporte à l'acteur,
    C'est la chaleur. (4 *fois.*)

On donne un ouvrage nouveau
Qui n'obtient pas un seul bravo ;

Un plaisant dit que l'assemblee
Probablement avait l'onglée ;
Ce n'est point ça, répond l'auteur,
   C'est la chaleur. (4 *fois.*)

Voyez cette Agnès de vingt ans
Que presse une foule d'amans,
Le vermillon qui la colore
La rend plus séduisante encore ;
Est-ce le trouble, ou la pudeur ?
   C'est la chaleur. (4 *fois.*)

Cet époux, jadis empressé,
Est aujourd'hui triste et glacé :
Il ne songe plus à sa femme ;
Rien ne l'émeut, rien ne l'enflamme ;
Qui peut causer cette froideur ?
   C'est la chaleur. (4 *fois.*)

Malgre remèdes et secours ,
Un mien parent part en deux jours.
— C'est, dit partout chaque voisine,
La faute de la médecine,
— Eh ! non, réplique le docteur,
   C'est la chaleur. (4 *fois.*)

J'ai bu mâcon , chablis, volnay,
Rota , clos vougeaux et tokay,
Bordeaux , chambertin et champagne ,
Porto , pomard, Hongrie , Espagne ,
Mais si je suis ivre , en honneur,
    C'est la chaleur. (4 *fois*.)

J'ai fait ma chanson d'un seul jet ;
Mais suis-je entré dans mon sujet ?
Mes vers sont peut-être à la glace ?
Amis , excusez-moi de grace ;
Car, si je suis un froid chanteur,
    C'est la chaleur. (4 *fois*.)

⊙⊙

LA BONNE EXCUSE.

(DIALOGUE.)

ALLONS, occupe-toi, fais enfin quelque chose ;
De la paresse on doit être ennemi.
    —Dam ! ma mère, je me repose.
    —Et de quoi donc ? — D'avoir dormi.

⁎⁎⁎⁎⁎⁎⁎⁎⁎⁎⁎⁎⁎⁎⁎⁎⁎⁎⁎⁎⁎⁎⁎⁎⁎⁎⁎⁎⁎⁎⁎⁎⁎⁎

SOYONS SAGES.

Air · Turlurette

Je vous le répète encor :
« La sagesse est un trésor ; »
Ainsi donc a tous les âges
    Soyons sages, (*bis*)
  Amis, soyons sages.

     (Reprise.)

    Soyons sages, etc.

Nous qui voyons tant d'excès ,
Voulons-nous rester Français ?
Pour dissiper les orages ,
    Soyons sages, (*bis.*)
  Amis , soyons sages.

Bien qu'époux , joyeux lurons,
Aimons les jeunes tendrons ;
Mais rentrés dans nos ménages ,
               6.

Soyons sages , (*bis.*)
Amis, soyons sages.

Si nous voyons quelque jour
Qu'on nous trompe à notre tour,
Évitant les clabaudages ,
   Soyons sages , (*bis.*)
  Amis , soyons sages.

Quand nous aurons soixante ans ,
Quand nous serons impotens,
Cessant d'être alors volages ,
   Soyons sages,   (*bis.*)
  Amis , soyons sages.

Soyons gais , faisons les fous ,
Parfois même grisons-nous ;
En un mot , comme des pages
   Soyons sages , (*bis.*)
  Amis , soyons sages.

Dépensons tout notre bien ,
Et quand nous n'aurons plus rien ,
Légers d'argent , de bagages ,

Soyons sages, *(bis.)*
Amis, soyons sages.

●●

CONFIDENCE D'UN MARI.

Air : Contentons-nous d'une seule bouteille.

A quel *parti* tient donc ma chère femme ?
Mieux que moi-même on le devinera :
Sur quelques points, quand parfois je la blâme,
Elle prétend que je suis un *ultra*.
Elle s'oppose à mon *indépendance*,
Car le pouvoir ne lui convient pas mal,
Et s'il me faut pourvoir à sa dépense,
Ma femme veut que je sois *libéral*.

●●●

METTONS DE L'ORDRE

EN NOS AFFAIRES.

Air du Verre

Un beau *désordre* plaît, dit-on,
Je voudrais en savoir les causes ;
En dépit de ce vieux dicton,
Moi, j'aime *l'ordre* en toutes choses.
J'avais jadis autour de moi
Procureurs, avocats, notaires,
J'ai dit bonsoir aux gens de loi....
Je mets de l'ordre en mes affaires.

Jeune, je donnai dans le grand,
Et surtout en fait de maîtresses ;
J'avais des femmes de haut rang,
Baronnes, marquises, comtesses.
Ah ! quel changement s'opéra !
J'ai modistes et couturières,
Des danseuses de l'Opéra....
J'ai mis de l'ordre en mes affaires.

Ce riche banquier, mon voisin,
A fait des affaires brillantes,
Et sous le nom de son cousin
Il met et ses fonds et ses rentes.
Il ne craint plus aucun danger :
S'il a quelques destins contraires,
Partant alors pour l'étranger....
Il met de l'ordre en ses affaires.

Las de n'avoir aucun emploi,
Dorsan, écrivain à deux faces,
En chantant la Ligue et le Roi,
S'est fait donner deux ou trois places.
Il se rit des pauvres humains,
Il touche triples honoraires,
Et dit, prenant de toutes mains :
« Je mets de l'ordre en mes affaires. »

Quand nous venons à décéder,
Quels *désordres* cela fait naître !
Combien de points à décider !
C'est à ne pas s'y reconnaître.
Les héritiers plaident souvent ;
Par bonheur pour mes légataires,

Je mange tout de mon vivant....
Je mets de l'ordre en mes affaires.

Que ces vins sont délicieux!
Pourtant il faut ranger la table;
Parmi tous ces flacons nombreux
C'est un *désordre* épouvantable.
Amis, au lieu de mettre a part
Les vins fins, les vins ordinaires,
Il faut les boire sans retard....
Mettons de l'ordre en nos affaires.

Impromptu.

Air du vaudeville de Florian

CROYANT charmer les amateurs,
Par une brillante parure,
Vous ajoutez des fruits aux fleurs
Dont vous ornez votre coiffure.
Mais, hélas! vos projets sont vains,
Nul à cet appât ne s'attrape :
A tort vous offiez des raisins,
On n'ira pas mordre à la grappe.

●●

OCCUPONS-NOUS.

Air   Amis, jamais l' chagrin n' m'approche.
(DE PREVILLE ET TACONNET) *.

A la gaîté livrant nos ames,
Consacrons-lui tous nos instans ;
Aimer le vin , le jeu , les femmes,
Voilà les plus doux passe-temps,
Voilà , voilà les plus doux passe-temps.
Mais les travaux sont pourtant nécessaires;
A mon conseil chacun devant céder,   (*bis.*)
Occupons-nous... à bien remplir nos verres,
Occupons-nous.... ensuite à les vider.

(Reprise en chœur.)

Occupons-nous, etc.

Gardons-nous bien de la paresse,
Si nuisible à notre avenir;

---

* En répétant le quatrième vers de ces couplets, et en
supprimant le cinquième, on peut les chanter sur l'air.
Ah ! que de chagrins dans la vie !

On peut, sans que cela paraisse,
Au travail trouver du plaisir,
Dans le travail rencontrer le plaisir.
Faisons ce que faisaient nos pères,
Prouvant qu'on peut très bien leur succéder ;
Occupons-nous... a bien remplir nos verres,
Occupons-nous... ensuite à les vider.

Jouissant des biens de la vie,
Offerts par Bacchus et Cypris,
Entre nous point de jalousie,
Quoique rivaux soyons amis,
Quoique rivaux soyons toujours amis.
Joyeux lurons, amis vrais et sincères,
A nos repas pour ne jamais bouder,   (*bis.*)
Occupons-nous.... à bien remplir nos verres,
Occupons-nous.... ensuite à les vider.

Sur le budget et sur la presse,
A quoi sert-il de disputer ?
Sur les vins qu'à boire on s'empresse,
Il est plus doux de discuter,
Il est plus doux cent fois de discuter.
Sans nous mêler de régir les affaires,

Et sans jamais nous plaindre, ni fronder, (*bis.*)
Occupons-nous.... à bien remplir nos verres,
Occupons-nous.... ensuite à les vider.

Lorsque parfois, dans le ménage,
On a quelque chagrin secret,
En buvant on se dédommage,
Tout est plaisir au cabaret.
Tout est plaisir et joie au cabaret.
Si nos moitiés font par trop les sévères,
Au risque, amis, de nous faire gronder, (*bis.*)
Occupons-nous.... à bien remplir nos verres,
Occupons-nous.... ensuite à les vider.

Suivant son goût chacun s'occupe :
De l'amour s'occupe un galant,
Un fripon à faire une dupe,
Harpagon s'occupe d'argent,
Un Harpagon est occupe d'argent.
Quand mille gens s'occupent de chimères
En s'occupant sans cesse à demander,
Occupons-nous.... à bien remplir nos verres,
Occupons nous.... ensuite a les vider.

Parle-t-on du *Père-Lachaise?*
Ce nom-là seul me fait frémir ;
Je me tiens ferme sur ma chaise ,
Afin de ne pas déguerpir.
Ne voulant pas de sitôt déguerpir.
Toujours gaîment à nos heures dernières ,
Lorsque *Caron* viendra pour nous guider, (*bis*)
Occupons-nous.... à bien remplir nos verres ,
Occupons-nous ensuite a les vider.

❀❀❀❀❀❀❀❀❀❀❀❀❀❀❀❀❀❀❀❀❀❀❀❀❀❀❀❀❀❀❀❀❀❀❀❀❀

Epigramme.

Je viens de rencontrer notre ami *Poucelet ;*
Qu'il est changé ! — Tant mieux ; car il était
bien laid.

●●●●●●●●●●●●●●●●●●●●●●●●●●●●●●●●●●●●●●●

LE PRÉTENDU ACCOMPLI.

Air l'aut d'la vertu . pas trop n en faut.

Vous résistez à mon transport,
Mam'zell' Babet , vous avez tort.

Faut qu' vot' époux ait des espèces ,
J'suis jeune et n'suis pas maladroit ;
Voici quelles sont mes richesses :
Cinq pieds... six pouc's et toujours droit.
Vous résistez à mon transport,
Mam'zell' Babet , vous avez tort.

Pour voir fleurir not' hyménée,
Et si tel est votre désir,
J'vous f'rai des enfans chaque année.. .
Mon Dieu ! qu' nous aurons de plaisir !
Vous résistez à mon transport,
Mam'zell' Babet , vous avez tort.

Peu partisan du jus d'octobre ,
D'ailleurs tout entier à l'amour,

En tous les temps je serai sobre,
Et n' me gris'rai qu'un' fois par jour.
Vous résistez à mon transport,
Mam'zell' Babet, vous avez tort.

Ne voulant rien qui ne vous plaise,
Je remplirai tous vos souhaits,
Pourvu qu' la nuit j'dorme à mon aise,
Et que l' jour je n' travaill' jamais.
Vous résistez à mon transport,
Mam'zell' Babet, vous avez tort.

Fort économe et des plus sage,
Jamais (je l'jure en cet instant)
Je n' mettrai vos effets en gage....
Que quand j'aurai besoin d'argent.
Vous résistez à mon transport,
Mam'zell' Babet, vous avez tort.

Dans l' mond' vous faisant fair' figure,
Et pour qu'on n' puiss' rien me r'procher,
J'vous men'rai toujours en voiture....
Pourvu que vous payiez l'cocher.

Vous résistez à mon transport,
Mam'zell' Babet, vous avez tort.

Avec moi vous n'aurez qu' des roses,
Et comm' je n'suis pas entêté,
Je vous céd'rai sur toutes choses....
Tant qu' vous n' ferez qu' ma volonté.
Vous résistez'à mon transport,
Mam'zell' Babet, vous avez tort.

Oui, l'on cit' ma douceur extrême,
Ainsi n'craignez nuls contre-temps,
Et comm' je suis la bonté même,
Je n' vous battrai que d'temps en temps.
Vous résistez à mon transport,
Mam'zell' Babet, vous avez tort.

Bref, vous auriez un époux rare,
Et vot' av'nir s'rait sans égal,
Car à tout' les femm's je prépare
Les Mad'lonnet's ou l'hôpital.
Vous résistez à mon transport,
Mam'zell' Babet, vous avez tort.

L'ANNÉE DE MARIAGE.

DIALOGUE ENTRE DEUX ÉPOUX.

Air : Contentons nous d'une seule bouteille,
Ou O Mahomet ! ton paradis des femmes,
Ou du vaudeville des Chevilles de Maître-Adam

Je vous croyais tout-à-fait innocente,
Mais aujourd'hui je suis désabusé ;
Bientôt j'ai vu que vous étiez savante,
Quand cette nuit avec vous j'ai causé.
Des droits d'Hymen on a su vous instruire,
Et votre *cœur* paraît bien aguerri ;
Ma chère Agnès, vous auriez dû me dire...
— Il ne faut pas tout dire à son mari.

Vous paraissiez être la douceur même ;
De vous fâcher nul n'avait le pouvoir ;
Depuis un mois quel changement extrême !
Je vous entends crier matin et soir.
Ma chère Agnès, soyez plus indulgente,
Ne faites pas un tel charivari ;

Et dites-moi si vous êtes méchante...
—Il ne faut pas tout dire à son mari.

Que de baisers votre bouche jolie
Me prodiguait quand j'étais votre amant !
« Je t'aimerai, disiez-vous, pour la vie ; »
Vous souvient-il encor de ce serment ?
On vous courtise et vous cherchez à plaine ;
D'espoir, déjà, plus d'un fat s'est nourri :
Êtes-vous donc inconstante ou légère ?...
— Il ne faut pas tout dire à son mari.

Pour contenter votre goût pour la mode,
J'ai dissipé les trois quarts de mon bien ;
Et maintenant votre époux trop commode
Ne peut, hélas ! ne peut vous donner rien.
Faisant encor des emplettes immenses,
Dites, Agnès, à mon cœur attendri,
Qui donc fournit à vos folles dépenses?...
— Il ne faut pas tout dire à son mari.

Votre silence a droit de me deplaire,
Mais je devine à présent vos secrets ;
Vous écoutez ce gros millionnaire ;

Pour vous, son or, sans doute, a des attraits.
J'en conviendrai; de ce soupçon, mon ame
En ces instans ne peut être à l'abri;
Dites enfin, suis-je... *trompé*, madame?
— Il ne faut pas tout dire à son mari.

⊖⊖⊖⊛⊛⊖⊛⊖⊛⊛⊖⊛⊖⊛⊛⊖⊖⊛⊖⊛⊖⊛⊖⊛⊛⊖⊛⊛⊖⊛⊛⊛⊖⊛⊖⊛⊛⊖⊖

C'EST UN HASARD.

Air . C'est pour un jour.
(DE GARAT)

CHANGER d'état, changer d'amour,
Faire vingt maîtresses pour une,
Nous voyons cela tous les jours,
Et la chose devient commune;
Mais malgré serment au départ,
Après une absence cruelle,
Retrouver un amant fidèle !
    C'est un hasard. (*bis.*)

⊛⊛

TOUT N'EST PAS PLAISIR DANS LA VIE.

Air du vaudeville de Catinat à Saint Gratien ,
Ou Aimé de la belle Ninon.

Tout âge a ses désagrémens ;
Pourquoi regretter notre enfance?
Lire d'ennuyeux rudimens
Est une grande pénitence.
Dès que nous formons un souhait,
Un vieux maître nous contrarie ;
Pour un mot nous avons le fouet...
Tout n'est pas plaisir dans la vie.

Ah ! quel *plaisir* d'être garçon,
De voltiger de belle en belle !
Se moquant d'une trahison,
Soi-même on peut être infidèle.
On rit d'un époux attrapé ;
Mais à son tour on se marie,
Et comme un autre on est trompé ..
Tout n'est pas plaisir dans la vie.

Il faut un état à Paris,
Lorsqu'on n'a qu'une faible rente;
L'autre jour, un de mes amis
M'apprend qu'une place est vacante;
Cet emploi, dis-je, me convient,
Je n'ai pas besoin qu'on m'appuie,
J'ai des droits... un autre l'obtient...
Tout n'est pas plaisir dans la vie.

De mon triste sort mécontent,
Je fis un tour à la roulette;
Mon voisin, risquant peu d'argent,
Vit sa fortune bientôt faite.
Plein d'espérance, je me dis:
Engageons aussi la partie;
Je croyais gagner, je perdis...
Tout n'est pas plaisir dans la vie.

Trompé dans ce nouvel espoir,
J'avais beaucoup de noir dans l'ame;
Pour m'*égayer*, j'allai le soir
Voir pantomime et mélodrame.
Mais à mon *plaisir* tout a nui;
Loin que mon ame fût ravie,

Je n'éprouvai que de l'*ennui*...
Tout n'est pas plaisir dans la vie.

Afin de briller à mon tour,
Je voulus courtiser Thalie ;
Et ne voilà-t-il pas qu'un jour
J'écrivis une comédie.
Déjà de gloire tout gonflé,
Je disais : Ma pièce est jolie ;
On la joua, je fus sifflé...
Tout n'est pas plaisir dans la vie.

Ne connaissant que ses désirs,
Guidé par l'inexpérience,
A vingt ans, de mille plaisirs
On veut avoir la jouissance.
Bientôt on voit le temps s'enfuir ;
Il survient mainte maladie ;
On vieillit, puis il faut *mourir*...
Tout n'est pas plaisir dans la vie.

ON N'EN MEURT PAS.

Air : Ça n' se peut pas.

Chaque jour, dans maintes gazettes,
Plus d'un critique avec aigreur
Annonce à nos jeunes poëtes
Que rimer est un grand malheur.
Auteurs, bravez cette colère,
N'en redoutez pas les éclats;
On est sifflé par le parterre...
    On n'en meurt pas. (*bis.*)

Vous devriez *mourir* de honte,
Dis-je, à des fripons enrichis;
Chacun d'eux répond : «C'est un conte!
« Riez de nous, de vous je ris;
« En beaux systèmes l'un s'épuise,
« Mais puisque j'ai de bons ducats,
« Que m'importe qu'on me méprise;
    « On n'en meurt pas. » (*bis.*)

Quand deux champions, pleins de jactance,
Se sont provoqués au combat,
De ce débat chacun, d'avance,
Peut prédire le résultat :
« Allons, Monsieur, point de réplique,
« En garde…, mettez habit bas… »
Puis on rengaîne, l'on s'explique,
   On n'en meurt pas.   (*bis.*)

—Ma femme est jeune, aimable et belle,
Aussi je l'aime avec transport ;
Ah ! si j'étais trompé par elle,
Ce coup me donnerait la *mort.*
—L'aventure serait étrange ;
Soyez philosophe en ce cas :
D'une inconstance l'on se venge,
   On n'en meurt pas.   (*bis.*)

La veille de son mariage,
Agnès disait : C'est donc demain
Que je vais entrer en ménage !…
D'avance j'ai peur de l'hymen.
Il faut qu'ici je te rassure,
Répondit la maman tout bas ;

On *souffre* un peu , mais je te jure
   Qu'on n'en meurt pas.   (*bis.*)

A ma dernière maladie
On désespérait de mes jours;
Mon docteur, plein de bonhomie,
Faisait ce concluant discours :
« Rassurez-vous , mon camarade ,
«Et ne craignez point le trépas ;
«Moi, quand je guéris un malade ,
   « Il n'en meurt pas.»   (*bis.*)

Du goût que j'ai pour la bouteille
Pourquoi veut-on me corriger?
D'aimer le doux jus de la treille
Moi je ne vois pas le danger.
Amis jusqu'au bord de la tombe
Le vin doit avoir des appas ;
On boit, on se grise, l'on tombe,
   On n'en meurt pas.   (*bis.*)

●●

LE BON VIEUX TEMPS.

AIR du vaudeville du Rémouleur et la Meuniere,
Ou Chaque jour mon ame abusee.

LORSQUE j'entends coquette âgée
Se plaindre du siècle présent,
Je sais pourquoi de l'affligée
Le chagrin paraît si cuisant :
Ses formes étaient séduisantes
Et ses triomphes éclatans...
Elle a des raisons excellentes
Pour regretter le bon vieux temps.

Les jeunes gens ont un costume
Que la mode fait trouver beau,
Et maint *artiste* * se consume
A leur inventer du nouveau.
Longue taille à nos demoiselles,
Habit large à nos élégans...

* Tailleur

Ces modes que l'on croit nouvelles
Sont les modes du bon vieux temps.

Chacun reproche à la jeunesse
(Et cela n'est pas sans raison),
De manquer à la politesse,
D'avoir souvent un mauvais ton ;
Et ce fait est si véritable,
Que même en nos cercles brillans
On dit, voyant un homme aimable :
« C'est un homme du bon vieux temps. »

Voler de victoire en victoire,
Réduire les cœurs en passant,
A voltiger mettre sa gloire ,
Tel est l'amour du *temps présent.*
Toujours respecter l'innocence,
Brûler des feux les plus constans,
Aimer dix ans sans espérance,
Voilà l'amour du bon vieux temps.

Au bon vieux temps régnaient Molière,
Corneille, Racine et Regnard ;
Au bon vieux temps brillaient Voltaire,

Piron, Collé, Favard, Panard.
Tout homme de goût à les lire
Jadis occupait ses instans,
Et maintenant on les admire
Comme on faisait au bon vieux temps.

Tel rimeur, dont le nom m'échappe,
Vante ses glorieux travaux :
Cependant le sommeil nous frappe
Quand il nous lit ses vers nouveaux.
Mais vous *, qu'à bon droit l'on renomme
Pour vos couplets joyeux, piquans,
Vous faites tous des chansons comme
On les faisait au bon vieux temps.

* Aux membres du Caveau moderne

SUR M. PIQUOT.

Pour être généreux, vive monsieur *Piquot* !
Il invite à dîner... chacun pour son écot.

S.

●●●

LES GRIMACES *.

Air : Moi je donne à mes moineaux

Tout est *grimace* ici-bas ,
  Quoiqu'on dise ou qu'on fasse ;
En m'écoutant, n'allez pas
  Faire aussi la grimace.

Dites-moi, que fait l'enfant
  En sortant de sa nasse ?
N'est-il pas vrai qu'en naissant
  L'enfant fait la grimace?

Quand l'Amour fit à l'Hymen
  Des tours de passe-passe ,
L'Hymen fait le lendemain
  Une triste grimace.

Cet harpagon mécontent ,
  Qui jour et nuit amasse ,

* Chacun des couplets doit être accompagné d'une grimace différente

Lorsqu'il donne de l'argent,
Fait toujours la grimace.

Ce vieillard riche et subtil,
Se croyant Lovelace,
Près des belles que fait-il?...
Il leur fait la grimace.

De la coquette à vingt ans
Les mines sont des graces;
Mais à cinquante printemps
Ce sont des grimaces.

Que fait le solliciteur
Demandant une place,
Et que fait le protecteur?
Tous deux font la grimace.

Ce *grimacier* fort adroit
Fait, crainte de disgraces,
Pour le côté gauche et droit
Tour à tour des grimaces.

Jeunes, vieux, pauvres, milords,
Il faut que l'on trépasse,

Eh ! mes amis, c'est alors
La dernière grimace.

●●●

SUR UNE DAME VAPOREUSE.

Air : Je nargue la melancolie.

Je sais une certaine dame,
Qui toujours se plaint de souffrir ;
Bien que feignant de rendre l'ame,
On la voit livrée au plaisir.
Ses maux de nerfs ne sont rien que parade;
De s'affliger dites-moi le moyen ?
Pour son époux elle est toujours malade,
Pour son amant elle se porte bien.

ɛɵɵɵɵɵɛɵɛɵɵɵɛɵɵɵɵɛɵɵɵɵɵɵɵɛɛɵɵɵɵɛɵɵɵɵɛɵɵɵɵɛɵɵ

COMPLAINTE D'UNE FEMME SENSIBLE.

Air   Je vois toujours la même chose.
(DE MARCELIN)

J'AIMAIS beaucoup un jeune auteur
Qui s'énonçait avec aisance ;
Il était de facile humeur,
Tout m'assurait de sa constance.
Mais de cet amant le travers
Bientôt me déplut , et pour cause ;
Il me faisait toujours des vers,
Et ne faisait rien autre chose.

Ensuite je pris un danseur ;
C'était *Zéphir;* je me crus *Flore:*
Mais avec lui mon tendre cœur
Avait à désirer encore.
Sans s'occuper de mes appas ,
Il me disait : Vois cette pose ;
Il me faisait toujours des pas ,
Et ne faisait rien autre chose.

Plus tard, je fis choix d'un savant
Dont chacun vantait le mérite ;
Il était toujours écrivant,
Et vivait comme un cénobite.
Femme qui prend un érudit,
Hélas ! à trop d'ennuis s'expose ;
Le mien écrivait jour et nuit,
Et ne faisait rien autre chose.

Voulant satisfaire mon cœur,
J'eus un amant d'une autre espèce ;
Mais cet amant, pour mon malheur,
Était d'une extrême paresse.
Assurément il m'aimait bien,
Ne me lisait ni vers, ni prose ;
Mais il ne faisait jamais rien,
Et ne faisait rien autre chose.

⊖⊕⊖⊕⊕⊕⊕⊕⊕⊕⊕⊕⊖⊕⊖⊕⊕⊖⊕⊕⊕⊕⊕⊕⊕⊕⊕⊕⊕⊕⊕⊕⊕⊕⊕⊖⊕⊖⊖⊕⊖⊕

JE SUIS VOTRE HOMME.

Air du Vaudeville de Lasthénie,
Ou de Catinat.

Pour bien égayer un festin,
Il nous faut une chansonnette ;
Un gai refrain nous met en train ,
En riant chacun le répète.
Pour chanter de grands airs , jamais
On ne me donnera la pomme;
Mais , pour quelques petits couplets,
Mes chers amis , *je suis votre homme.*

On veut que , dans un grand repas ,
On soit sérieux , phlegmatique :
Parler raison ne me plaît pas ;
Cela me rend mélancolique.
S'il faut , en petit comité ,
Rire d'un sot qui nous assomme ;
Mes amis, à votre santé ,
S'il faut boire , *je suis votre homme.*

Grondeuse et de mauvaise humeur,
Si votre femme fait le diable,
Vous pouvez, par votre douceur,
La rendre parfois raisonnable.
Soit qu'elle ait ou non de l'esprit,
Femme à Paris, à Londre, à Rome,
N'obéit pas quand on lui dit :
Obéissez, *je suis votre homme.*

Vous avez seize ans, j'en ai vingt;
Je suis garçon, vous êtes fille :
Agnès, je veux être succinct;
Pour vous d'amour mon cœur pétille.
Je suis et complaisant et doux ;
Comme tel chacun me renomme :
Si vous me voulez pour époux,
Ma chère enfant, *je suis votre homme.*

A notre théâtre *Buffa,*
Un *soprano* d'un grand mérite
Dernièrement se présenta,
Voulant débuter tout de suite.
Mais la directrice, aussitôt,
Dit à cet habitant de Rome :

« Avez-vous bien tout ce qu'il faut ? »
—Oui, *signora, je suis votre homme.*

La mort m'effraya de tout temps ;
Je crains la moindre maladie,
Et je veux vivre bien long-temps
Pour l'amour et pour la folie.
Pourtant, puisqu'il faut en finir,
Puisqu'il faut faire le grand somme,
Faites-moi mourir de plaisir,
Monsieur Pluton, *je suis votre homme.*

A MM. A. ET B.

A quoi bon fatiguer nos têtes
De tous vos débats ennuyeux ?
Vous vous traitez tous deux de bêtes :
Vous avez raison tous les deux.

9

LE TOLÉRANT.

Air du vaudeville du Bouquet du Roi.

En buvant un rouge bord,
　　Plus de lutte,
　　De dispute;
Et si l'un de nous a tort,
N'en soyons pas moins d'accord.

Je vois se prendre à la nuque
Des politiques fameux;
Forcés de prendre perruque,
En seront-ils plus heureux?

En buvant, etc.

Puisqu'il faut qu'on nous gouverne,
Ah! laissons-nous gouverner;
Et gaîment à la taverne
Ne jugeons que le dîner.

En buvant, etc.

Grands partisans de la guerre,
Vous nous vantez le laurier;
Tandis que moi je préfère
Et le pampre et l'olivier.

En buvant, etc.

Pour la rose rouge ou blanche,
Vous vous battez bien en vain :
Si pour des couleurs je penche,
C'est pour les couleurs... du vin.

En buvant, etc.

Héraclite dit qu'il trouve
Mille charmes à la mort;
Moi je prétends et j'éprouve
Que vivre est un joli sort.

En buvant, etc.

Dorimon n'aime à la ronde
Que la brune aux noirs cheveux;
Florval préfère la blonde...
Aimons-les toutes les deux.

En buvant, etc.

A Lise toujours je tâche
D'offrir ce qui la séduit ;
Si parfois un mot nous fâche,
Un petit coup nous unit.   -
En buvant un rouge bord,
    Plus de lutte,
    De dispute ;
Et si l'un de nous a tort,
N'en soyons pas moins d'accord.

●●

REGRETS D'UN MARI.

QUAND elle a quelque mal, mon épouse
                                    Ismenée
    Gronde après toute la maison ;
    Ce qui m'afflige avec raison,
C'est de la voir malade, hélas ! toute l'année.

●●

LE BON ENFANT.

Air : Ah! bravo caro Calpigi !

Des bons maris parfait modèle,
Lucas à sa femme est fidèle;
En rien il ne la contredit,
Il approuve ce qu'elle dit.   (bis.)
En plaisir ainsi qu'en affaire,
Jamais notre homme n'ose faire
Ce que sa femme lui défend...
Ah! vraiment, c'est un bon enfant. (bis.)

Assez tard madame sommeille;
De grand matin Lucas s'éveille,
Se lève et fait chauffer le lait,
Pour que le déjeuner soit prêt.
Mais comme la dame est gourmande,
Elle mange volaille et viande;
A Lucas on donne un hareng...
Ah ! vraiment, c'est un bon enfant. (bis.)

9.

Parfois, s'il sort avec sa femme,
Il laisse le bras de la dame
A quelque jeune et beau galant;
Est-il mari plus complaisant?
Fier qu'à sa femme on rende hommage,
Cet époux, loin qu'il en enrage,
Va derrière en philosophant...
Ah! vraiment, c'est un bon enfant. (*bis.*)

La dame a des robes nouvelles,
Et des bijoux et des dentelles;
Elle ne se refuse rien :
Lucas trouve que tout est bien.
Quant à lui, sa mince toilette
En tous les temps est bientôt faite :
C'est un habit de bouracan...
Ah! vraiment, c'est un bon enfant. (*bis.*)

Lorsque madame est en parure,
Il va chercher une voiture,
Et revient sans souffler le mot,
Afin de coucher le marmot.
Madame, ailleurs, sachant se plaire,
Rentre fort tard pour l'ordinaire;

Jusques à minuit il l'attend...
Ah ! vraiment, c'est un bon enfant. (*bis.*)

Madame, au spectacle va-t-elle ?
Lucas déploie un nouveau zèle ;
Vers les dix heures moins un quart,
De chez lui le bonhomme part.
Il va l'attendre à la sortie,
Muni d'un schall, d'un parapluie,
Bravant et la neige, et le vent...
Ah ! vraiment, c'est un bon enfant. (*bis.*)

Trop heureux père de famille,
Il dit que son fils et sa fille
Lui ressemblent parfaitement :
Lucas est dans l'enchantement.
Je vois combler mon espérance,
Dit-il, par cette ressemblance ;
Il est joyeux et triomphant...
Ah ! vraiment, c'est un bon enfant. (*bis.*)

C'EST UNE JUSTICE A LUI RENDRE.

Air : Fille à qui l'on dit un secret.

Je sais tel suppôt de Thémis
Qui dort toujours à l'audience ;
S'il se réveille, il dit : Amis,
Vite, prononçons la sentence.
Toujours il juge et juge mal ;
La chose est facile à comprendre ;
Il est *injuste* et partial :
C'est une justice à lui rendre.

Après l'avoir bien accueilli,
On siffle le chanteur *Auguste;*
Aussi se plaint-il qu'aujourd'hui,
A son égard on est *injuste.*
D'orgueil à tort il est gonflé ;
Car à plaire, loin de prétendre,
Il mérite d'être sifflé :
C'est une justice à lui rendre.

Souple, adroit, sans cesse intrigant,
Tel fripon que chacun signale,
Veut que, dans un emploi brillant,
Tout nouveau ministre l'installe.
Un poste *élevé* m'est bien dû,
Dit notre homme à qui veut l'entendre;
Il mérite d'être pendu:
C'est une justice à lui rendre.

J'ai pour cousin un bon enfant
Qui fait tout ce que veut sa femme;
Et contre ce qu'elle défend,
Jamais le *Dandin* ne réclame.
Par elle il est grondé, frappé *,
N'osant pas même se défendre;
Il mérite d'être... trompé:
C'est une justice à lui rendre.

Tout prêt à voler au combat,
S'il faut défendre la patrie,
A son prince ainsi qu'à l'État,
Le Français consacre sa vie.

* Au lieu de *frappe*, on peut mettre *battu* la rime alors
viendra tout naturellement.

Toujours aspirant au succès,
Qu'à bon titre il a droit d'attendre.
Valeureux est chaque Français :
C'est une justice à lui rendre.

Orateurs, vous êtes diffus ;
Vous mentez, faiseurs de gazettes ;
Rimeurs, vos vers sont des rébus ;
Joueurs, vous contractez des dettes ;
Savans, vous êtes ennuyeux ;
Procureurs, vous aimez à prendre ;
Femmes, vous plaisez en tous lieux :
·C'est une justice à vous rendre.

SUR M. D...

Damon dit et proteste
Qu'on a partout, pour lui, la plus vive amitié ;
Je sais pourtant quelqu'un qui le déteste :
Ce quelqu'un-là, c'est sa chère moitié.

●●●

LA MÈRE ET LA FILLE.

(DIALOGUE.)

Air Ah ! si madame le savait

Ma fille, suivez les avis
D'une attentive et bonne mère :
Vous voilà dans l'âge de plaire,
Age où l'on trouve des maris. (*bis.*)
Ayez, mesurant vos paroles,
Le maintien modeste et décent.

LA FILLE.

— Mais, vous dites des gaudrioles....

LA MÈRE.

—Ah ! pour moi, c'est bien différent. (*bis.*)

Pourquoi donc vous découvrez-vous ?
C'est une mauvaise méthode;
Je ne puis souffrir cette mode,
Elle excite tout mon courroux. (*bis.*)

LA FILLE.

— Je me soumets...

LA MÈRE.

— Eh! quoi, coquette,
Votre linon est transparent !..

LA FILLE.

— Vous n'avez pas de collerette...

LA MÈRE.

— Ah! pour moi, c'est bien différent. (*bis.*)

Quand vous voyez des jeunes gens,
Prenez le ton d'une ingénue ;
Détournez avec soin la vue,
Fermez l'oreille à leurs accens. (*bis.*)
Des galans la perfide adresse
Bientôt vous perdrait....

LA FILLE.

— Cependant,
Avec eux vous êtes sans cesse....

LA MÈRE.

— Ah! pour moi, c'est bien différent. (*bis.*)

Lorsqu'au bal on vient vous prier,
Je vous permets la contredanse
Mais ne dansez pas, par prudence,
Avec le même cavalier,

Devant le même cavalier.
Pour la walse, danse maudite,
Refusez toujours, mon enfant.

LA FILLE.

— Vous walsez quand on vous invite....

LA MÈRE.

— Ah! pour moi, c'est bien différent. (*bis*.)

Evitez les plaisirs bruyans,
Une fois entree en ménage ;
De votre époux, en femme sage,
Prevenez toujours les désirs. (*bis*.)
Ne montrez jamais de colère,
Du bonheur c'est le seul garant...

LA FILLÉ.

— Mais vous faites tout le contraire.

LA MÈRE.

— Ah ! pour moi, c'est bien différent.

N'Y A PAS D'EXCÈS.

Air : N'y a que Paris,
Ou Chantez , dansez , amusez vous.

L'excès en tout est un defaut ;
Tel est le précepte du sage :
J'admire avec raison ce mot
Dont je me plais à faire usage.
On le sait , je chante bien , mais
    N'y a pas d'excès. (*bis.*)

Quand on va dîner chez Orgon ,
Il reçoit sans cérémonie ;
Dans tout ce que fait l'Harpagon ,
Il met de la parcimonie :
Parfois il traite assez bien , mais
    N'y a pas d'excès.

Le plaideur, croyant s'enrichir ,
En affaires jamais ne cède;
Je n'ai pas un pareil désir :
On risque toujours quand on plaide.

Celui qui gagne empoche, mais
   N'y a pas d'excès.

Tel richard qu'on voit amasser,
Et dont le coffre a seul des charmes,
Croit qu'en le voyant trépasser,
Tout le monde va fondre en larmes.
A son convoi l'on pleure, mais
   N'y a pas d'excès.

Lorsqu'à Chloris on fait la cour,
On jure de l'aimer sans cesse;
Est-on heureux? Le second jour,
On désire une autre maîtresse.
En France on est fidèle, mais
   N'y a pas d'excès.

Aux dames d'un rang élevé
Moi je préfère les grisettes;
Souvent elles m'ont captivé
Par leurs graces vraiment parfaites;
Elles ont de la vertu, mais
   N'y a pas d'excès.

Dans nos pièces à grand fracas,
Qu'on appelle des mélodrames,
Enlèvemens, fureurs, combats
Font tour à tour pâmer les femmes.
L'auteur y sème l'esprit, mais
   N'y a pas d'excès.

Tous les matins douze journaux
Se font la guerre à toute outrance;
Et criant mort à leurs rivaux,
Nous prêchent fort bien la clémence;
Je m'amuse en les lisant, mais
   N'y a pas d'excès.

Vous, amis, que j'aime à citer
Gomme grands amateurs des treilles,
Il faut boire pour bien chanter;
Ainsi videz force bouteilles ;
Pour ma part j'en ai bu deux, mais
   N'y a pas d'excès. (*bis.*)

●●

LE DICTIONNAIRE.

Air : Dans la vigne à Claudine.

Bienfait, reconnaissance,
La roulette et l'honneur ;
L'amour et la constance.,
L'hymen et le bonheur :
Tout ça se voit, j'espère,
Et se trouve, en effet....
Dans le dictionnaire
De monsieur Richelet. (*bis.*)

Sincérité, gazette,
Femmes, discrétion ;
L'amitié, l'étiquette ;
Droiture, ambition :
Tout ça se voit, j'espère.
Et se trouve, en effet....
Dans le dictionnaire
De monsieur Richelet.

10.

Parvenus et noblesse,
Négoce et loyauté,
Huissier et politesse,
Avarice et bonté :
Tout ça se voit, j'espère,
Et se trouve, en effet....
Dans le dictionnaire
De monsieur Richelet.

Auteur et modestie,
Esprit et calembourgs ;
Science, academie,
Plaisirs et longs discours :
Tout ça se voit, j'espère,
Et se trouve, en effet....
Dans le dictionnaire
De monsieur Richelet.

Pudeur, coquetterie,
Médecin, guérison ;
Fortune et poésie,
La rime et la raison :
Tout ça se voit, j'espère,
Et se trouve, en effet....

Dans le dictionnaire
De monsieur Richelet.

●●●

IMPROMPTU A M. FIRMIN,

APRÈS LUI AVOIR VU JOUER LE TASSE, ET QUE
LES APPLAUDISSEMENS AVAIENT VIVEMENT
ÉMU.

POUR t'arracher des pleurs, s'il ne faut
qu'applaudir,
J'en conviens, je suis bien coupable ;
C'est la première fois que j'ai pris du plaisir
A faire pleurer mon semblable.

●●●

JE NE SAIS QU'EST-CE

ET JE NE SAIS QUOI.

AIR : Dans la vigne à Claudine,
Ou Dans les Gardes françaises.

Souvent, lorsque ma lyre
Ne peut bien s'acquitter,
Il m'arrive de dire :
Je ne sais que chanter.
Excusant ma paresse,
Ici, tous avec moi,
Chantez *je ne sais qu'est-ce,*
Chantez je ne sais quoi.

Exempt de toute affaire,
Cherchant des plaisirs vrais,
Quand je ne sais que faire,
Au spectacle je vais.
Je dors à chaque pièce,
Et je dis à part moi :
Je vois *je ne sais qu'est-ce,*
Je vois *je ne sais quoi.*

Ma belle, pour séduire,
A des appas nombreux ;
Mais *je ne sais* qu'en dire
Tant je suis amoureux.
Pour exciter l'ivresse,
(J'en puis juger par moi),
Elle a *je ne sais qu'est-ce*,
Elle a *je ne sais quoi.*

Plaignez, plaignez ma peine,
Nous dit monsieur Orcan ;
Le dieu d'hymen m'enchaîne
Je ne sais depuis quand.
Il faut qu'à tout j'acquiesce,
Ma femme fait la loi :
Je suis... *je ne sais qu'est-ce*,
Je suis... *je ne sais quoi.*

Lorsqu'à l'académie
On reçoit un *savant,*
Toujours sa modestie
Affaiblit son talent.
Il dit : « Je le confesse,
« Et c'est de bonne foi,

« Je sais je ne sais qu'est-ce,
« *Je sais je ne sais quoi.*

Voyez ce sot en place
Rouler dans son wiski ;
Chacun dit, quand il passe :
C'est un *je ne sais qui.*
Ah ! pour remplir sa caisse
Loin d'être resté coi ,
En vrai *je ne sais qu'est-ce* ,
Il fit *je ne sais quoi.*

Le jour d'une bataille ,
Tout bon soldat français ,
Malgré boulets , mitraille ,
Ne sut trembler jamais.
Lorsqu'il entend la caisse ,
Il dit , aimant son roi :
Je sens *je ne sais qu'est-ce* ,
Je sens *je ne sais quoi.*

Je ne sais pas encore
Quand doit venir ma fin :
Qu'importe que j'ignore

A present mon destin.
Un mort, après la messe
Qu'on chante à son convoi,
Devient *je ne sais qu'est-ce*,
Devient *je ne sais quoi.*

�’⁰
⁰●⁰⁰⁰⁰⁰⁰⁰⁰⁰⁰●⁰⁰⁰⁰⁰⁰⁰⁰⁰⁰⁰⁰⁰⁰⁰⁰⁰⁰⁰⁰⁰⁰⁰●⁰⁰●⁰⁰⁰●⁰⁰●

SUR LES NOUVELLES DÉCOUVERTES

EN CUISINE.

A trouver du nouveau, c'est à qui s'évertue :
    Aux *épigrammes de mouton*,
Les inventeurs joindront, si cela continue,
    De l'*esprit de dindon.*

COUPLETS

FAITS POUR UN MARI DONT LA FEMME ÉTAIT
EN VOYAGE.

Air du vaudeville final des Montagnes

CHACUN déclame à qui mieux mieux
　Contre le mariage ;
Je suis l'époux le plus heureux....
　Ma femme est en voyage.

Satisfait d'être marié,
　Joyeux dans mon ménage,
Je n'y suis pas contrarié....
　Ma femme est en voyage.

Quand je vois Aline ou Suzon
　Jouant dans le bocage ;
Près d'elle je fais le garçon...
　Ma femme est en voyage.

D'être père en mon cœur je sens
 L'ineffable avantage ;
J'espère avoir d'autres enfans...
 Ma femme est en voyage.

J'aime à faire l'épicurien,
 C'est encor de mon âge ;
Buvons, chantons et rions bien...
 Ma femme est en voyage.

Ce refrain-là sait m'enchanter
 On ne peut davantage ;
Que de maris voudraient chanter :
 Ma femme est en voyage !

NAIVETÉ D'UN MARI.

Quand nous mourons, on prétend que
       notre ame
En paradis, ou bien en enfer va :
 C'est un conte de *bonne femme;*
 Ma femme ne croit pas à ça.

11

●●

SOURD ET MUET.

Air · Gnia que Paris

QUAND on rencontre en son chemin
Quelque bavard impitoyable,
Qui, vous retenant par la main,
De ses longs discours vous accable,
Ma foi, mes amis, on voudrait
Être à la fois *sourd et muet*.

Mon avocat est en crédit
Par une verbeuse éloquence;
Souvent, quand on croit qu'il finit,
Sur nouveaux frais il recommence ;
Ah ! lorsqu'on l'écoute, on voudrait
Être à la fois *sourd et muet*.

Au spectacle lorsque je vais,
Et qu'un auteur plein d'importance,
Dont l'ouvrage est jugé mauvais,
Me demande ce que j'en pense,

A ma place chacun voudrait
Être à la fois *sourd et muet.*

Lorsque je suis d'un grand repas ,
Et que ma panse est encor creuse,
Sans me mêler d'aucuns débats
Sur la chanteuse ou la danseuse,
Mangeant et buvant tout d'un trait ,
Je suis *sourd* et je suis *muet.*

Croyant toujours avoir raison,
Lorsque femme a l'humeur hautaine ,
Petit tyran dans sa maison,
Elle commande en souveraine :
A Madame enfin il faudrait
Un bon mari *sourd et muet.*

Grace à toi qui sais consoler
Tout homme heureux de te comprendre;
« Le muet parvient à parler
« Au sourd étonné de l'entendre : »
Sicard, tu sembles en effet
Être un Dieu pour le *sourd-muet.*

Puisque jusqu'ici nous avons
Et des langues et des oreilles,
Écoutons les joyeux flonflons,
Et chantant au bruit des bouteilles,
Rions en attendant l'arrêt
Qui rend chacun *sourd et muet.*

Epigramme.

Fécond auteur, le jeune *Desmazure,*
S'est fait à la main droite une large blessure;
Il n'écrit plus depuis cet accident fatal...
—Toujours le bien est à côté du mal.

LES DÉMÉNAGEMENS.

(CHANSON FAITE EN DÉMÉNAGEANT.)

AIR : Je loge au quatrieme étage.

Dans mes goûts, bien que je sois stable,
Et que je tienne à mes foyers,
(Toujours en me donnant au diable),
J'ai parcouru tous les quartiers ;
Et j'ai raison quand je m'écrie
Dans mes nouveaux appartemens :
Autant vaudrait un incendie
Que plusieurs *déménagemens.*

Déloger est notre partage ;
Ici-bas comment se fixer ?
On déménage, on emménage ;
C'est toujours à recommencer.
L'enfant, comme exemple à la ronde,
Quitte son premier logement ;
Et c'est, quand il arrive au monde,
Son premier *déménagement.*

11.

Rose doit tout à la nature,
Et séduisant tous les mortels,
Elle croit que de sa figure
Les jolis traits sont éternels.
Ces charmes dont *Rose* est si vaine,
Délogeront assurément;
Et c'est, quand vient la cinquantaine,
Le jour du *déménagement*.

Si, par des mesures licites,
On pouvait nous débarrasser
Des intrigans, des hypocrites,
Dont nous pourrions bien nous passer;
On verrait, j'en ai l'assurance,
Chacun dans le ravissement,
D'un bout à l'autre de la France
Fêter leur *déménagement*.

Dormir campé, mal à son aise,
Des marteaux entendre les coups;
Pour s'asseoir n'avoir pas de chaise,
Être enfin sens dessus dessous;
Perdre des objets par douzaine,
Abîmer ses ameublemens;

Casser faïence et porcelaine ,
Voilà les *déménagemens*.

Fatigué de changer sans cesse,
Et voulant me fixer enfin ,
L'autre semaine je m'adresse
A mon voisin le médecin.
Il se charge de mon affaire ,
Et choisissant bien son moment,
Grace à lui l'on me verra faire
Mon dernier *déménagement*.

●●●

SUR MADAME ***.

ELLE refuse à son époux
Ce que d'elle il a droit d'attendre.
—Ah! cher ami , que dites-vous ?
C'est la première fois qu'on la voit se défendre.

C'EST TROP BOURGEOIS.

Air du premier Pas.

C'est trop bourgeois
De tenir sa parole,
Dit un banquier que l'on croit aux abois;
Il a raison, ce Crésus qui nous vole :
Avoir l'honneur aujourd'hui pour idole,
C'est trop bourgeois !   (*bis.*)

C'est trop bourgeois,
Dit l'auteur à la mode,
De composer des ouvrages de choix :
Avec de vieux, j'en fais, c'est plus commode ;
Mais exiger et génie et méthode,
C'est trop bourgeois !   (*bis.*)

C'est trop bourgeois
De songer au ménage,
Dit *Aglaé;* c'était bon autrefois.
Quoi ! l'on voudrait, suivant le vieil usage,

Me voir toujours fidèle autant que sage...
C'est trop bourgeois !   (*bis.*)

C'est trop bourgeois,
Dit *baronne* sournoise,
C'est trop bourgeois
D'aimer gentils minois !
Vous méritez que l'on vous cherche noise;
Car, pour maîtresse avoir une *bourgeoise*,
C'est trop bourgeois !   (*bis.*)

C'est trop bourgeois,
Me répète ma femme,
Lorsque je veux l'embrasser une fois :
«Va, me dit-elle, ailleurs porter ta flamme;
«Pour sa moitié se peut-il qu'on s'enflamme,
C'est trop bourgeois '   (*bis.*)

C'est trop bourgeois,
Dit l'homme d'humeur noire,
C'est trop bourgeois
De vivre en bon grivois '
Au temps présent peut-on vanter Grégoire?
Dans un banquet, rire, chanter et boire,
C'est trop bourgeois.   (*bis.*)

⊙⊙

LES VIEUX.

Air : Ronde de Dumollet,
Ou Vivent les gueux!

Amitié, je te révère,
A tes lois tu me soumis;
Et j'ai bien raison, j'espère,
De chanter qu'en fait d'amis,
  Les vieux   (*bis.*)
    Me conviennent mieux,
    Mon cœur est pour eux;
    Vivent les vieux!

Sortant des bancs de leur classe,
Ah! que de jeunes rimeurs!
Mais quoi qu'on dise ou qu'on fasse,
Lorsqu'il s'agit des auteurs,
  Les vieux   (*bis.*)
    Ecrivains fameux,
    Nous conviennent mieux;
    Vivent les vieux!

La connaissant peu cruelle,
Un vieux, un jeune galans,
A telle actrice nouvelle
S'offrent tous deux pour amans ;
  Le vieux   (*bis.*)
 Est plus généreux,
 Il lui convient mieux ;
 Vivent les vieux !

Quand une horde ennémie
Vient attaquer nos foyers,
Pour défendre la patrie
Appelle-t-on les guerriers ?
  Les vieux   (*bis.*)
 Toujours valeureux,
 Bravent froids et feux ;
 Vivent les vieux !

Dans un repas délectable,
Veut-on de joyeux refrains ?
Avant de sortir de table
Demande-t-on de bons vins ?
  Les vieux   (*bis.*)
 Nous conviennent mieux,

Vins, refrains, tous deux;
Vivent les vieux! ⸲

Je disais aux jeunes filles :
Prenez de jeunes amans;
Mais je dis aux plus gentilles
Depuis que j'ai quarante ans :
    Les vieux ,   (*bis.*)
  Bien moins dangereux,
 Vous conviennent mieux;
  Vivent les vieux!

⊛⊛⊛⊛⊛⊛⊛⊛⊛⊛⊛⊛⊛⊛⊛⊛⊛⊛⊛⊛⊛⊛⊛⊛⊛⊛⊛⊛⊛⊛⊛⊛⊛⊛⊛⊛⊛⊛

A MADAME ***.

DE *témoin* vous voulez qu'aujourd'hui je vous
                           serve;
Ah! de vous refuser que le ciel me préserve.
  Mais, s'il le fallait au besoin,
J'aimerais mieux cent fois vous *servir* sans
                        témoin.

LE FRONT.

Air du vaudeville des Poètes sans souci.

CHANTONS le *front* à qui mieux mieux ;
Le *front* mérite notre hommage,
Autant que la bouche ou les yeux,
Le *front* embellit un visage :
Mes amis, chantons tous en rond :
Eh! fron fron fron, vive le *front!*

Plaideur a le *front* soucieux,
Front bas est celui de l'envie ;
L'auteur a le *front* orgueilleux,
Front haut est celui du génie.
Sages, fous, courageux, poltrons
Par *Gall* sont jugés sur leurs *fronts.*

Femme exige que son époux
Ait cent qualités en partage,
Qu'il soit et complaisant et doux ;
Maris, il vous faut davantage :

12

Tous les galans vous le diront :
Pour être époux il faut du *front.*

Jeunes amans, jeunes guerriers,
Qui désirez une conquête ;
Pour cueillir myrthes et lauriers
Il ne faut pas perdre la tête.
En tous temps attaquez de front :
Pour triompher il faut du *front.*

Si vous demandez quelque emploi
Avec un ton de modestie,
C'est une raison, croyez moi,
Pour que chacun vous congédie.
L'homme timide a maint affront ;
Pour réussir il faut du *front.*

Amis, sur le *front*, je voudrais
Ajouter à ma chansonnette
Une douzaine de couplets,
Afin de la rendre complète ;
De moi les critiques riront,
Mais je me gratte en vain le *front.*

LE NEZ.

Air : On dit que je suis sans malice.
(DU BOUFFE ET LE TAILLEUR)

Ce matin n'ayant nulle affaire,
Je me disais : Je devrais faire
Des couplets bien ou mal tournés
Sur des mots choisis ou donnés.
Plein de cette idée agréable,
Je cherchais un mot favorable,
Et je suis tombé sur le *nez*.   (*bis.*)

Tous les marchands-propriétaires
De tabacs et de tabatières,
Voyant leurs désirs couronnés,
Ont tous des destins fortunés.
Ces gens, que le sort favorise,
Et qu'avec raison chacun *prise*,
Qui les fait vivre ? c'est le *nez*.

Mons Croustignac, ce pauvre hère,
Aimant beaucoup la bonne chère,

Est à l'affut des grands dînés
Qui par les riches sont donnés ;
Il court chez eux d'un air affable,
Lorsque l'on va se mettre à table :
Les gascons ont toujours bons *nez*.

Bretteurs qui font un grand tapage,
Très souvent manquent de courage ;
A réduire ces obstinés
Bien promptement vous parvenez.
Amis, que rien ne vous retarde,
Dites-leur : « Mettez-vous en garde : »
Vous les voyez *saigner du nez*.

Vivent les drames pathétiques !
Vivent les romans historiques,
Et les poèmes couronnés,
A nos épiciers destinés !
Admire qui voudra les pages
De ces narcotiques ouvrages,
Mais, moi, je n'y mets pas le *nez*.

Tel rimeur de ma connaissance,
Vantant ses ouvrages d'avance,

Assure qu'il les a soignés,
Que partout ils seront prônés.
Le cher homme, indiquant sa place,
Croit avoir un *pied* au parnasse,
Il tombe, et n'a qu'un *pied de nez.*

Cet orateur à grandes vues,
Bien bizarres, bien biscornues,
Aux gobe-mouches dit : Venez,
Et vous serez bien étonnés.
Il parle; chacun l'apprécie,
Et s'aperçoit que ce génie
N'y voit pas plus loin que son *nez.*

En vain, contre le mariage,
Ici-bas, on peste, on fait rage ;
Aux lois de l'hymen condamnés,
Pour l'hymen les hommes sont nés;
Mais, dès que ce dieu les enchaîne,
Ces pauvres maris on les mène,
On vous les mène par le *nez.*

Un petit *nez* sied à nos belles;
L'homme à grand *nez* est aimé d'elles;

12.

Les visages, privés de nez,
Annoncent des esprits bornés.
Je ne sais pas si je m'abuse,
Mais, quand je verrai la camuse,
Je prétends bien lui rire au *nez*.

Ma muse est tant soit peu verbeuse;
Cette chanson est ennuyeuse,
Et de sa longueur consternés,
Je vous vois tous baisser le *nez*,
Pardon; un rhume me tourmente :
Soit que je cause, ou que je chante,
Il faut que je parle du *nez*.

LA TÊTE.

Air : L'amour a gagné sa cause.

Pour chanter la tête, je dois
En ce jour me monter la tête ;
On me critiquera, je crois ;
Mais n'importe, rien ne m'arrête ;
A traiter ce sujet céans,
Quoi qu'on en dise, je m'entête.
Aussi la tête, en ces instans,
  Ne me sort pas de la tête.   (*bis.*)

Il est des têtes à callot,
Il est des têtes à perruque ;
Mais l'or embellit un magot
Et cache la plus vieille nuque.
Femme, préférant pour mari
Et le plus laid et le plus bête,
Dit : J'aurai du moins avec lui
  Le plaisir d'orner sa tête.   (*bis.*)

Bienheureux est l'homme d'État
Cité comme une forte tête !
Il arrive qu'un triste éclat
Suit parfois un gai tête-à-tête.
Au champ de bataille, au boudoir,
Pour s'assurer une conquête,
Il faut conserver le pouvoir
    De ne pas perdre la tête.   (*bis.*)

Ah! dans chaque nouveau projet
Ne donnons pas *tête baissée ;*
Un *coup de tête* est bientôt fait
Pour certaine tête insensée.
Tête levée il faut marcher,
Nous dont l'ame est franche, est honnête,
Et si l'on voulait nous fâcher,
    On se *casserait la tête.*

L'un n'admire qu'un pied mignon,
L'autre qu'une jambe agaçante ;
Celui-ci vante un œil fripon,
Cet autre une taille élégante.
De ces charmes l'heureux attrait
En tous temps fit mainte conquête ;

Moi , dans les femmes tout me plaît ,
Des pieds jusques à la tête.   (*bis.*)

Ma tête est faible , par malheur,
Mais mon esprit seul est coupable ;
Et j'ose affirmer que mon cœur
A ma tête est bien préférable.
N'ayant pas ce je ne sais quoi
De nos bons auteurs que l'on fête ,
Alors on peut dire de moi :
    Bon cœur et mauvaise tête.   (*bis.*)

Dialogue.

— Aujourd'hui je me sens tout bête.
— Cependant tu me parais bien.
— J'ai quelque chose dans la tête.
— Je crois plutôt que tu n'as rien.

●●

LES CONSEILS.

Air · Et lon lan la.

Pour faire une chansonnette
Qui puisse nous divertir ,
Si quelque refrain qui prête ,
A votre esprit vient s'offrir ,
   Et lon lan la
   Landerirette ,
   Et lon lan la
   Chantez-moi ça.

(En chœur)

Et lon lan la, etc.

Si vous êtes en goguette
Avec de joyeux lurons ,
Si l'on sert sans étiquette ,
Poulets, dindons et chapons ,
   Et lon lan la
   Landerirette ,

    Et lon lan la
    Mangez-moi ça.

Réservez-vous en cachette,
En franc ennemi de l'eau,
Une certaine feuillette
Dans votre petit caveau?
    Et lon lan la
    Landerirette,
    Et lon lan la
    Buvez-moi ça.

Lorsqu'une aimable fillette
Vers vous se présentera ;
Quand sa mine gentillette
Tendrement vous sourira,
    Et lon lan la
    Landerirette,
    Et lon lan la
    Embrassez-la.

Pour vaincre la plus coquette,
Il est un moyen fort bon ;
Sans crainte qu'on vous maltraite

Menez-la sur le gazon,
      Et lon lan la
      Landerirette,
      Et lon lan la
      Foulez-moi ça.

Quand le clairon, la trompette,
Sont tout dans un opéra,
Pour venger l'humble musette
Et pour couvrir ce bruit-là,
      Et lon lan la
      Landerirette,
      Et lon lan la
      Sifflez-moi ça.

Quand un faiseur de gazette
Critique à tort, à travers,
Quand une femme poète
Vient vous réciter ses vers,
      Et lon lan la
      Landerirette,
      Et lon lan la
      Claquez-moi ça.

●●●

RIONS A NOUS TENIR LES COTÉS.

Air · Je ne veux pas qu'on me prenne,
Ou du vaudeville de Claudine,
Ou Eh ! ma mere, est c' que j'sais ça ?

Par goût, je suis débonnaire,
Je ne blâme jamais rien ;
Rire fait ma seule affaire ;
Le rire fait tant de bien !
A quoi bon toujours médire,
Comme on fait en nos cités ?
Mes amis, il vaut mieux rire
A nous tenir les côtés.

(Reprise en chœur.)

Mes amis, etc.

Le drame, la tragédie,
L'ouvrage enfin le plus noir,
Voilà qui fait ma folie,
Voilà ce que j'aime a voir.
Lorsque le héros expire,

Tous les cœurs sont attristés...
Eh bien, sa mort me fait rire
A me tenir les côtés.

Quand je vois la jeune épouse
D'un mari vieux et grondeur
Affecter d'être jalouse
Pour lui prouver de l'ardeur ;
Tandis qu'un amant l'inspire,
Qu'elle a pour lui des bontés...
Sa tendresse me fait rire
A me tenir les côtés.

Je sais tel petit poète
Qui, parfois, dans son journal,
A chacun dit et répète
Qu'en lui renaît Juvénal.
Puis il lance une satire
Contre nos auteurs vantés...
Sa sottise me fait rire
A me tenir les côtés.

De Mondor, que l'on enterre,
Remarquez les deux neveux ;

Chacun d'eux se désespère
Et s'arrache les cheveux.
Eh quoi! cela vous déchire?...
Ces pleurs étant empruntés,
Leur désespoir me fait rire
A me tenir les côtés.

Quand j'entends parler sans cesse
De pudeur à nos Laïs,
Aux libertins, de la messe,
D'amour aux vieux Adonis;
Lorsqu'un Céladon soupire,
Victime de cruautés...
Leurs grimaces me font rire
A me tenir les côtés.

Je n'aime pas la romance,
Et je chéris *Désaugiers*;
Chacun le proclame en France
Le roi de nos chansonniers;
Ses vers, que Momus inspire,
En tous lieux sont repétés,
Et ses chansons me font rire
A me tenir les côtés.

Contre un docteur je m'insurge ,
Et brave tout médeçin ;
Moi, jamais je ne me purge
Qu'avec de l'excellent vin.
Quand la mort viendra me dire :
« Il est temps, allons, partez »,
A sa barbe je veux rire
A me tenir les côtés.

⁂

A M. ALEX. DELAVILLE,

AUTEUR DU FOLLICULAIRE.

Jusqu'alors méprisé comme un vil mercenaire,
Un libelliste était en horreur parmi nous ,
    Mais grace à toi l'on nous voit tous
    Estimer le *Folliculaire.*

•••

COUPLETS D'UN ESPRIT MOROSE.

Air J'ai vu le Parnasse des dames.

Le célibataire tranquille,
Que l'on voit partout gai, riant,
Croit-il donc qu'il lui soit facile
D'être heureux en se mariant?
Mais, fait-on un tel sacrifice?
De regrets, pour se préserver,
On doit prendre fille novice...
Si, du moins, on peut en trouver. (bis.)

Il faut, avant de rien conclure,
Éprouvant sa docilité,
Avoir une preuve bien sûre
De sa douceur, de sa bonté.
Car un bien très cher à notre ame.
Et qu'on doit toujours conserver,
C'est d'avoir une bonne femme...
Si, du moins, on peut en trouver. (bis.)

13.

Victime d'une basse envie,
Dont les effets sont si puissans,
A-t-on, dans le cours de sa vie,
Des chagrins plus ou moins cuisans ?
Eh bien, de sa peine secrète
On peut encor se préserver,
Avec femme aimante et discrète...
Si, du moins, on peut en trouver.   (*bis.*)

Trop confiant dans sa tendresse,
Apprend-on, par de bons avis,
Qu'on est trompé par sa maîtresse,
Comme tant d'autres à Paris ?
Bien à tort on se désespère ;
Il faut alors se conserver
Un ami fidèle et sincère...
Si, du moins, on peut en trouver.   (*bis.*)

Qu'on me *trouve* un auteur modeste,
Un avare ayant un bon cœur,
Un milord gracieux et leste,
Un soldat français sans valeur ;
Un vieux savant aimant à rire,
Un sot qui n'ait pu s'élever,

Un parvenu qui sache écrire...
Si, du moins, on peut en trouver.   (*bis.*)

● ●

A UNE JEUNE FILLE,

QUI PRÉTENDAIT N'ÊTRE PAS PRESSÉE DE SE
MARIER.

Air du vaudeville du Mameluck à Paris.

Je n'entends pas ce langage ;
Es-tu folle, mon enfant ?
Au seul nom de mariage ,
Fillette pense autrement.
Dans ses yeux le plaisir brille,
C'est l'âge heureux des amours :
A dix-huit ans, jeune fille
Dit que ça presse toujours.

●●

LA MANIÈRE DE S'ACQUITTER.

Air : Chantons Letamini,
Ou quel est ce commissaire ?

Auteurs de chansonnettes,
Bravant tout créancier,
Si nous faisons des dettes,
Nous savons les payer :
    Nous payons
    En chansons. } 4 fois.

(Reprise en chœur.)

Nous payons, etc.

C'est par nos hémistiches
Que nous nous signalons,
Et nous sommes très riches...
Très riches en flonflons :
    Nous payons
    En chansons.

Pour séduire une belle,
Charmés de ses appas,
Pour tout obtenir d'elle,
Ne nous ruinant pas,
　　Nous payons
　　En chansons.

Après une victoire,
Remplissant notre but,
Aux lauriers, à la gloire,
S'il faut payer tribut,
　　Nous payons
　　En chansons.

Lorsque l'on nous demande
Tant et tant de millions,
Acquittant cette amende,
Aux étrangers crions:
　　Nous payons
　　En chansons.

Pour fêter ceux qu'on aime,
En guise de bouquets,
A la noce, au baptême,

Aux plus riches banquets,
    Nous payons
    En chansons.

Si le traiteur s'écarte
De ce point aujourd'hui,
Renvoyons-lui sa carte ;
Tous en chœur chantons-lui :
    Nous payons
    En chansons.

Pour être mis en terre,
Nous nous acquitterons ;
Pour payer notre bière,
Aux prêtres nous dirons :
    Nous payons
    En chansons.

●●●●?●●●●●●?●●●●●●●●●●●?●●●●●?●●●●●●●●●●●●?●

PUREMENT ET SIMPLEMENT.

Air : Eh! ma mere , est-c' que j' sais ça?

JADIS une chansonnette
Était gaie et sans apprêt,
Mais aujourd'hui le poète
Se montre à chaque couplet.
La chanson ne fait plus rire,
Le calembourg est charmant;
Mais il vaudrait mieux écrire
Purement et simplement.   (*bis.*)

Tel acteur de mélodrames
Croit nous charmer en criant;
Tel chanteur, pour plaire aux dames,
Roucoule, et brode son chant.
L'actrice fait la grimace
Et minaude joliment;
Jouez et chantez, de grace,
Purement et simplement.   (*bis.*)

L'amant timide, à sa belle
Voulant peindre son tourment,
Bien long-temps dans sa cervelle
Cherche un joli compliment.
Moi, je ne fais pas de même ;
Aux femmes, tout rondement,
Je dis : Belles, je vous aime
Purement et simplement.   (*bis.*)

Je ris de cette coquette
Avec ses colifichets ;
Une brillante toilette
N'ajoute rien aux attraits.
Jeune beauté sans parure
Me séduit plus sûrement ;
J'aime toujours la nature
Purement et simplement.   (*bis.*)

Malgré fortune et naissance
La mort ne perd pas ses droits :
Luc, d'une richesse immense,
Est décédé l'autre mois ;
De *Luc* on cite a la ronde
Le superbe enterrement ;

Moi, j'irai dans l'autre monde
Purement et simplement.   (*bis.*)

●●●

IMPROMPTU A UNE JOLIE QUÊTEUSE

LE JOUR DE SA FÊTE.

-

Air : Il me faudra quitter l'empire.

O toi ! qui fais si bien la *quête*,
Pour soulager les malheureux !
Je te présente une requête,
Et tu dois agréer nos vœux.
De t'aimer d'une ardeur sincère
Nos cœurs s'étant fait une loi,
Pas n'est besoin de les quêter, ma chère,
Tu sais bien qu'ils sont tous à toi.   (*bis.*)

LE NOUVEAU DÉBARQUÉ.

Air Mais peignez vous le paysage ?
(DE FANCHON.)

Je viens de traverser les mers,
Afin de connaître la France ;
J'y trouve tous les cœurs ouverts
A l'honneur, à la bienveillance.
Chacun respecte votre bien,
Et personne jamais ne fronde :
Mes chers amis, vous voyez bien
Que je reviens de l'autre monde.

Plus tard je vous raconterai
Mes aventures, mes voyages ;
Vous croyez que je mentirai,
Pour suivre en tout certains usages.
Non, non, fidèle historien,
Sur le vrai seul, moi, je me fonde :
Mes chers amis, vous voyez bien
Que je reviens de l'autre monde.

Dans la capitale, soudain,
Je fis choix d'une dulcinée ;
Mais, hélas ! j'appris que l'hymen
Avait fixé sa destinée.
« Je respecte votre lien
« Dis-je, à cette charmante blonde. »
Mes chers amis, vous voyez bien
Que je reviens de l'autre monde.

Mon seul guide est la probité :
Me conduisant en homme sage,
Exempt de toute vanité,
Je ne fais pas grand étalage.
A personne je ne dois rien,
Je fais des heureux à la ronde :
Mes chers amis, vous voyez bien
Que je reviens de l'autre monde.

Comme un autre je suis rimeur :
La chose devient si facile !
Je suis modeste, quoique auteur,
Et trouve la critique utile.
Aux censeurs je ne réponds rien,
Et permets qu'un journal me fronde :

Mes chers amis, vous voyez bien
Que je reviens de l'autre monde.

e&oe&9e@eee&e99e&eeeee@ee&ee9ee9&eeeeee&@ee

SUR LES AFFICHES DE SPECTACLE,

ET AUTRES.

Air du vaudeville du Mur mitoyen.

Pour attirer les amateurs ,
On met des affiches d'une aune ;
Des titres en blanc , bleu , noir, jaune ,
Enfin , de toutes les couleurs.
Ces annonces de contrebande
Font encor fortune à Paris;
Mais plus les affiches sont grandes ,
Et plus les talens sont petits.   (*bis.*)

●●

LE NEUF.

Air a faire *.

A tous les banquets, d'âge en âge,
Nos pères ont toujours chanté,
Et j'aime à suivre cet usage
Comme une vieille *nouveauté*
Exempt ici de toute affaire,
Je vais vous chanter un pont neuf;
Je l'ai fait sur un air : *à faire*,
N'en pouvant trouver de plus *neuf.*

En vous voyant, mon cœur éprouve
Un plaisir sans cesse *nouveau ;*
Dans ce moment, je vous le prouve
En avalant mon vin sans eau;
Et j'en puis juger par moi-même,
Qui vous connus avant l'an neuf,
Si je vous dis que je vous aime,
Je ne vous apprends rien de *neuf.*

* On peut chanter ces couplets sur l'air du Ménage du garçon

14.

J'entends répeter à la ronde
A certains amateurs du beau :
Auteurs (n'en fût-il plus au monde),
Il nous faut toujours du *nouveau.*
Ce mot, qui me met en colère,
Vaudrait des coups de nerf de bœuf :
Quand on lit *Racine* et *Molière,*
On préfère le *vieux* au *neuf.*

Certes, je puis donner la preuve
Qu'on voit du *neuf* sous le soleil ;
Et lorsqu'on me met à l'épreuve ,
Je cite un mari sans pareil :
Désolé jusqu'au fond de l'ame
Depuis le moment qu'il fut veuf,
Chaque jour il pleure sa femme....
J'espère que c'est là du *neuf.*

Bien loin de vanter mes prouesses ,
Craignant de paraître ennuyeux ,
Aujourd'hui , malgre mes promesses ,
Pour du *neuf* je donne du *vieux.*
La faute en est aux immortelles
Qu'on sait être au nombre de neuf.

Depuis long-temps les *neuf* pucelles
Ne nous offrent plus rien de *neuf*.

⦾⦾

IMPROMPTU A MADAME ***.

Air : C'est le meilleur homme du monde.

Vous me demandez un couplet,
Un seul couplet sur vous, Lucile ;
De vous un tel ordre me plaît,
Et m'y conformer est facile.
Vous dirai-je que vos attraits
Séduisent chacun à la ronde ?
Non pas ; car je répéterais
Ce que répète tout le monde.

● ●

METTEZ-VOUS A MA PLACE.

Air du Pas redoublé.

On peut m'en croire avec raison ,
    J'ai toujours bonne envie ,
Quand je compose une chanson ,
    De la faire jolie.
Amis , si je n'y parviens pas ,
    Quoi que je dise ou fasse ,
Pour juger de mon embarras ,
    Mettez-vous à ma place.

Mon Dieu , me dit mon vieux cousin ,
    Que je souffre dans l'ame ,
Depuis que mon jeune voisin
    A su plaire à ma femme !
Sitôt que je sors un instant ,
    Des yeux il suit ma trace ,
Il est enfin mon remplaçant ,
    Mettez-vous à ma place.

Croyez-vous , créanciers maudits ,
   Qu'envers vous je m'acquitte ?
S'ecriait un ancien commis
   Objet d'une poursuite.
Non , messieurs , je me vois forcé
   A vous demander grace ;
Et puisque l'on m'a *déplacé* ,
   Mettez-vous à ma place.

Dans l'espoir de dormir en paix ,
   Amateur très fidèle ,
Au spectacle je me trouvais
   A la pièce nouvelle.
J'etais *placé* , pour mon malheur,
   Dans un étroit espace ,
Près d'un claqueur et d'un siffleur :
   Mettez-vous a ma place.

Lise m'adresse un billet doux ;
   Epris de cette belle ,
Je cours, je vole au rendez-vous,
   Et prends *place* auprès d'elle.
D'abord je me sentis brûlant ,
   Puis je fus tout de glace :

Mes amis , dans un tel instant ,
　Mettez-vous à ma place.

La pêche m'offrant tour à tour
　Plus d'une jouissance ,
J'étais à pêcher l'autre jour
　Sur un canal immense ;
Le vent *déplace* mon bateau
　D'effroi mon sang se glace ,
Je culbute et tombe dans l'eau ,
　Mettez-vous à ma place.

Croyant bien mon danger mortel ,
　Près de moi l'on s'écrie :
Vous serez *placé* dans le ciel :
　— Ah ! je.vous remercie.
De ce que la-haut on peut voir
　Fort peu je m'embarrasse ,
Et si vous voulez le savoir,
　Mettez-vous à ma place.

TOUT TOURNE.

Air du vaudeville du Remouleur et la Meunière.

Tout tourne, dit-on dans le monde :
Tout tourne, s'écrie un buveur ;
Et la chance tourne à la ronde
Tantôt pour et contre un joueur.
Dorval se tourne et se retourne ,
Pour faire accueillir ses projets,
Et puisque chacun tourne, tourne ,
Je vais tourner quelques couplets.

Oui, tout tourne, je le répète,
Lecteur, croyez-en mon discours :
Un moulin, une girouette ,
Au gré des vents tournent toujours.
A la bague on tourne sans peine ;
La terre tourne, nous dit-on ;
Le danseur tourne sur la scène ,
A la broche tourne un dindon.

Avant de faire une harangue,
Bien des orateurs maladroits,
Ne pouvant retenir leur langue,
Devraient bien la tourner sept fois;
Lorsque chez moi Damon séjourne,
Voulant me lire ses chansons,
Autour de moi sans cesse il tourne,
Moi, je lui tourne les talons.

Lourdet, qui fait grand étalage,
Se croit le talent le plus beau;
Dès qu'il a fini quelque ouvrage,
Lourdet m'en fait toujours cadeau.
Quand j'ai lu la première page,
Hélas! j'aperçois à regret
Qu'il me faut beaucoup de courage
Pour tourner le second feuillet.

Le flatteur à tout homme en place
Tourne maint compliment bien sot;
Toujours parasite et vorace,
Le gourmand tourne autour du pot.
Lise, dont Roc fit la conquête
Par mille séduisans propos,

Quelque temps lui tourna la tête,
Il lui tourne à présent le dos.

Mais je dois terminer ma ronde....
Lecteur, je finis par ce point :
Lorsqu'ainsi tourne tant de monde,
Nos guerriers seuls ne tournent point.
Gais, dispos et prêts à l'attaque,
Tous ces braves sont pleins d'ardeur,
Et jamais ne tournent casaque
Lorsqu'ils sont sur le champ d'honneur.

SUR M. ***.

Sur tout objet il blâme, il fronde;
Ne comptant pas un seul ami,
S'il dit du mal de tout le monde,
Personne, avec raison, ne dit du bien de lui.

LES FLONS FLONS.

Air : Flon flon flon lariradondaine.

Nargue des gens sévères
  Par qui rien n'est souffert !
Faisons comme nos pères,
  Et chantons au dessert :
Un flon flon lariradondaine,
Un gai gai lariradondé.

(Reprise.)

Un flon flon , etc.

De nos chansons modernes
  Le ton est sérieux,
  Les refrains en sont ternes ,
  Quant à moi j'aime mieux

Un flon flon , etc.

Buveur et rimeur, j'aime,
  A chanter en buvant ;

Par cette raison même,
J'aime à boire en chantant

Un flon flon', etc.

Aux belles pourquoi faire
Des vers pleins de fadeur ?
Vous qui cherchez à plaire,
Croyez-moi, faites-leur

Un flon flon, etc.

A nos pédans caustiques,
Je lance des lardons ;
A leurs froides critiques
Ausitôt je réponds

Par un flon flon, etc.

Lorsque je suis maussade,
Qui me rend la gaîté ?
Et quand je suis malade,
Qui me rend la sante ?

Un flon flon, etc.

Bien qu'à présent j'ignore
Quand j'irai chez Pluton,
Je veux chanter encore,
Dans la barque à Caron :
Un flon flon lariradondaine,
Un gai gai lariradondé.

⊖⊖⊖⊖⊖⊖⊖⊖⊖⊖⊖⊖⊖⊖⊖⊖⊖⊖⊖⊖⊖⊖⊖⊖⊖⊖⊖⊖⊖⊖⊖⊖⊖⊖⊖⊖⊖⊖

C'EST D'UN BON PÈRE.

Orgon trouvant sa fille en âge
D'être mise en ménage,
Et sans chercher à la contrarier ,
Se dispose à la marier.
Papa, dit le futur, connu pour un bon drille,
Vous qui donnez si rarement,
Que donnez-vous à votre fille ?
— Je donne... mon consentement.

LA POUSSIÈRE.

Air du vaudeville de l'Avare et son ami,
Ou à moins que dans ce monastere.

Que nos promenades sont belles !
Qu'on aime à fréquenter ces lieux !
Là, toutes les modes nouvelles
Passent en revue à nos yeux. (*bis.*)
Jeux, spectacles, dignes de plaire
Nous forcent a nous arrêter ;
Ah ! que de plaisirs !... sans compter
Le vent, la foule et la *poussière.* (*bis.*)

Faisons de légers vaudevilles ;
Faisons d'historiques romans ;
Faisons des ouvrages futiles,
Chacun les trouvera charmans.
La raison m'en paraît bien claire,
Puisque tous nos savans nouveaux
Laissent tant d'ouvrages si beaux
Dormir en paix dans la *poussière.*

15.

Pourquoi dans les cafés champêtres
Te voit-on toujours, mon cher Crac?
— J'aime à voir tous nos petits maîtres
Remplir leur petit estomac ;
Les uns avalent de la bierre,
D'autres des glaces, des sorbets.
— Qu'avales tu ? — Sans aucun frais,
Moi, j'avale de la *poussière.*

Chaque jour en butte aux critiques,
Disent certains jeunes auteurs,
Repoussons les traits satiriques
Et sachons punir nos censeurs.
Amis, voici ce qu'il faut faire,
Toujours mordre étant leur défaut,
Pour leur donner à mordre, il faut
Leur faire mordre la *poussière.*

Quel est ce petit personnage
Qui partout se fait remarquer
Par son luxe, un grand étalage ?
— C'est un artiste-perruquier.
Par ce moyen, Frisac espère
Eblouir, avoir ce qu'il veut ;

Frisac, mieux que tout autre peut
Aux yeux jeter de la *poussière.*

Mondor, qui se croit un grand homme,
Dit, en recevant ses loyers :
« Je méprise les pauvres comme
« La poussière de mes souliers. »
Ah! que votre humeur soit moins fière,
Mondor, songez que, sans retour,
Ainsi que les pauvres, un jour
Vous serez réduit en *poussière.*

LE MOMENT.

Air   Je suis la petite bergère.

A rimer parfois je regrette
D'employer de très longs instans ;
Croirait-on qu'une chansonnette
Me coûte toujours bien du temps ?
Mais vous, dont j'aime les saillies,
Vous savez prouver aisément
Que pour faire chansons jolies
Il ne vous faut qu'un seul *moment.*

Voir *Lise*, la trouver charmante,
A *Lise*, transporté d'amour,
Déclarer ma flamme naissante,
Etre payé d'un doux retour ;
D'aimer constamment cette belle
Aussitôt faire le serment,
Enfin, à *Lise* être infidèle,
Tout fut l'affaire d'un *moment.*

Vous tous, qui courtisez les belles,
Attendre est toujours un abus,

Si vous voulez triompher d'elles,
Evitez les *momens* perdus.
Quand du sein de jeune fillette
Part un soupir furtivement,
C'est le moment de sa défaite :
Sachez profiter du *moment*.

Consultant la délicatesse,
Jadis tous nos petits marchands,
Pour amasser quelque richesse,
Travaillaient beaucoup et long-temps.
Aujourd'hui la route est commune,
Et l'on agit plus promptement;
Pour faire et manger sa fortune,
On n'a besoin que d'un *moment*.

Amusons-nous dans le jeune âge,
C'est là le seul *moment* heureux;
On a bien le temps d'être sage
Lorsque l'on est infirme et vieux.
Pour moi, jusqu'a la soixantaine,
Je veux vivre joyeusement :
Las! trop long-temps dure la peine,
Plaisir ne dure qu'un *moment*.

⊛⊛⊛

QU'ALLONS-NOUS DIRE?

Air . Bouton de rose.

Qu'allons-nous dire ?
Voilà tous les procès finis ;
Chacun obtient ce qu'il désire,
Tous les hommes sont bien unis ;
   Qu'allons nous dire ?

Qu'allons-nous dire ?
Disent nos chansonniers fleuris ;
L'hiver a repris son empire,
Plus d'œillets, de roses, de lis :
   Qu'allons-nous dire ?

Qu'allons-nous dire ?
On ne bâille plus aux concerts ;
A l'Athénée on va pour rire,
Tous les rimeurs font de bons vers :
   Qu'allons-nous dire ?

179

Qu'allons-nous dire?
Le mélodrame s'ennoblit ;
Regnard comme Molière attire ;
Tous les Gascons ont du crédit :
   Qu'allons-nous dire ?

   Qu'allons-nous dire ?
Les critiques sont indulgens ;
Sans recourir à la satire ,
Tous nos journaux sont amusans :
   Qu'allons-nous dire ?

   Qu'allons-nous dire ?
Par Thémis on est bien jugé ;
A ses lois on aime à souscrire ;
Au Palais on n'est plus grugé :
   Qu'allons nous dire ?

   Qu'allons-nous dire ?
Nos financiers sont généreux ;
Le sexe ne sait plus médire ;
Chacun est franc et vertueux :
   Qu'allons-nous dire ?

Qu'allons-nous dire ?
Ah ! pourquoi s'agiter l'esprit ?
Depuis qu'on connaît l'art d'écrire,
S'il est vrai que l'on ait tout dit,
Qu'allons-nous dire ?

●●

IL FAUT SE TAIRE.

Air : De ma Chaumière.
(KOUIOUF.)
Ou de la Baronne

Il faut se taire (*bis.*)
Sur bien des bruits que l'on entend ;
Pour s'épargner plus d'une affaire,
Pour vivre tranquille et content ,
Il faut se taire. (*bis.*)

Il faut se taire
Sur les intrigues, les cafards ;
A l'ennui veut-on se soustraire ?
Avec les sots et les bavards ,
Il faut se taire.

Il faut se taire
Sur la vertu de nos Laïs ;
Sur l'honneur de tel mandataire,
Et sur le bonheur des maris,
Il faut se taire.

16

Il faut se taire
Sur l'esprit des petits rimeurs ;
Sur les beautés du *solitaire*,
Sur les claqueurs et les censeurs,
   Il faut se taire.

Il faut se taire
Lorsque l'on est las de chanter ;
J'entends déjà plus d'un confrère,
En chœur avec moi répéter :
   Il faut se taire.

CHAQUE CHOSE A SON TEMPS.

Air : Garder l'incognito.
(VAUDEVILLE DE M. GUILLAUME.)

La bonne chose, à mon gré, qu'une table
Qui réunit des convives joyeux,
  Où l'on sert un vin délectable,
  Mets délicats et savoureux ! (*bis.*)
Quand vient le *temps* de plier la serviette,
  Faisant comme les bons vivans,
Il faut en chœur chanter la chansonnette :
    Chaque chose a son temps. (*bis.*)

L'emploi du *temps* me paraît convenable :
Un long repos deviendrait ennuyeux ;
  Sans doute, on peut aimer la table,
  Mais ne soyons point paresseux. (*bis.*)
La matinée ainsi sera livrée
  Aux travaux les plus importans :
Mais au plaisir consacrons la soirée :
    Chaque chose a son temps. (*bis.*)

Dans tous les *temps* femme a l'espoir de plaire ;
Mais quand, hélas ! vient l'âge du retour,

Pour elle c'est une autre affaire,
　Il faut renoncer à l'amour.　(*bis.*)
Cédant la place à nos jeunes fillettes,
　` Femmes, songez qu'à cinquante ans
Il n'est plus *temps* de vous montrer coquettes :
　　Chaque chose a son temps.　(*bis.*)

Vingt ans d'hymen rendent bien raisonnable :
Je ne suis plus ce que j'étais jadis ;
　Près du sexe j'étais un diable...
　Je sens mes feux bien amortis.　(*bis.*)
A ma moitié, lorsqu'elle me réclame,
　Je donne deux baisers ardens,
Puis je lui dis : Dormons, dormons, ma femme :
　　Chaque chose a son temps.　(*bis.*)

Amis, s'il faut boire, chanter et rire,
Jamais, jamais je ne me fais prier ;
　Mais je crains de m'entendre dire
　Qu'on perd son *temps* à rimailler.　(*bis.*)
Sur mon refrain je pourrais encor faire
　Quelques couplets en peu d'instans ;
Je m'aperçois qu'il est *temps* de me taire :
　　Chaque chose a son temps.　(*bis.*)

JE NE SAIS PLUS OU J'EN SUIS.

Air · Eh ! ma mere, est c' que j' sais ça ?

Je reçois mainte commande
De chansons et de couplets;
Chaque jour on m'en demande,
Que complaisamment je fais.
C'est pour un père, une mère,
Une épouse, des amis,
Une tante, un oncle, un frère....
Je ne sais plus où j'en suis.   (*bis.*)

Quand j'étais célibataire,
Je m'amusais nuit et jour;
L'amour et la bonne chère
Me subjuguaient tour à tour.
J'aimais beaucoup cet usage
Qui bannissait les ennuis;
Mais je suis dans mon ménage,
Et ne sais plus où j'en suis.   (*bis.*)

Qu'on dise la gaudriole,
Qu'on entonne une chanson,

16.

Dans ce cas j'ai la parole ,
Et je suis à l'unisson ;
Mais sur un ton satirique ,
Jugeant les lois du pays,
Qu'on parle de politique ,
Je ne sais plus où j'en suis.   (*bis.*)

Attaquez-vous une belle
Par de tendres sentimens ?
Elle fera la rebelle ,
Et résistera long-temps ;
Causez en elle un délire
Qui captive ses esprits,
Et la force de vous dire :
Je ne sais plus où j'en suis.   (*bis.*)

Je tiens ma place avec gloire
A la table où l'on m'admet ,
Et quand on me verse à boire ,
Amis, je suis toujours prêt.
Au vin je dois mes prouesses ;
Mais, me trouvant un peu gris ,
Quand j'en bois de tant d'espèces ,
Je ne sais plus où j'en suis.   (*bis.*)

●●●

LE JEU DE BILLARD.

Air : Monseigneur d'Orléans
(MARCHE DU ROI DE PRUSSE.)

Pour jouer au billard,
Il vous faut beaucoup d'art,
Avoir surtout un bien juste regard ;
Ce jeu n'admet aucun retard,
Et semble exclure le vieillard ;
Aussi ne voyons-nous céans
De joueurs que des jeunes gens.
Mais vous voulez connaître ce jeu,
Je satisfais à votre vœu :
La *table* est devant vous,
Elle contient six trous ;
Ces six trous sont ronds
Et peu profonds,
Le tout est recouvert
D'un large tapis vert ;
Trois *billes* roulent dessus,
Trois, dont une *rouge* et pas plus.

Un bâton
Bien doux et bien rond
Nous sert en cette occasion :
De ce léger bâton
Sachez que la *queue* est le nom ;
Vous la prenez, et chaque fois,
Vous la mettez entre vos doigts ;
Il faut tout près vous approcher,
Et tâcher
Surtout de *toucher ;*
Car en jouant, si vous ne touchez point,
On vous *marque* pour *un point.*
Un coup prompt et brusqué
Peut produire un *bloqué,*
Mais on doit s'arrêter
Sans *queuter,*
Et pour *caramboler,*
Il ne faut pas trembler ;
Un doublet
Fait
Bon effet ,
Craignez, hélas !
Le *coup de bas.*
Billes blanches comptent deux points ,

Et la rouge trois, c'est le moins ;
On joue en *vingt-quatre*, et l'on fait,
Mais rarement, le *coup de sept.*
La *poule* est un plus simple jeu ;
On joue à la *russe* fort peu ;
Suivez mon avis et jamais
Ne jouez que le *jeu français ;*
Pourtant, vous pouvez tout oser,
  Mais craignez de vous *blouser.*

●●

C'EST UNE BÊTISE.

Air : La bonne aventure

A faire choix d'un air gai
   Henri m'autorise ;
La bonne aventure ô gai !
   Est l'air que je prise.
Mon sujet n'est pas brillant,
Mon refrain n'est pas saillant :
     Moi,
  Je suis de bonne foi,
   C'est une bêtise.

Faut-il, pour quelques propos,
   Qu'on se formalise ?
Faut-il aller en champ clos,
   Pour Lise ou Denise ?
Préférer aux doux ébats
La gloire de ces combats,
Risquer sa jambe ou son bras,
   C'est une bêtise.

Soupirer piteusement
    Auprès de Céphise,
Attendre paisiblement
    Qu'elle s'humanise ;
Épris d'un objet charmant,
Ne pas brusquer le moment,
Ou se tuer tendrement,
    C'est une bêtise.

Plus qu'Adonis un magot
    Plaît à Cidalise ;
Parfois, dans le monde, un sot
    Séduit par surprise.
Ah ! pour qui vise au profit,
        Être instruit,
        Être érudit,
Enfin, avoir de l'esprit,
    C'est une bêtise.

Grégoire est un bon vivant,
        Souvent
        Il se grise.
Est-ce un motif suffisant
    Pour qu'on le méprise ?

Dire du mal d'un buveur,
Le blâmer avec rigueur,
De se griser avoir peur,
   C'est une bêtise.

Ne croyez pas en ce jour
   Que je moralise ;
Bacchus , Comus et l'Amour,
   Voilà ma devise.
S'abandonner au chagrin
En songeant au lendemain ,
Pleurer sur le genre humain ,
   C'est une bêtise.

Je prétends que sans façon ,
   Chacun à sa guise,
De ma nouvelle chanson
   Parle avec franchise.
Je ne suis pas exigeant ,
   Pourtant,
   De moi peu content ,
Je repète , en la chantant ,
   C'est une bêtise.

LA PUISSANCE D'UN REFRAIN.

Air : Chantons l'amour et le plaisir
(DU CALIFE)

D'un repas la gaîté n'est vive
Qu'autant que l'on peut y chanter
Un refrain que chaque convive
Aime en chorus à répéter.
Mieux qu'une épître satirique,
Mieux qu'un discours académique,
Dans un salon, dans un festin,
    Un gai refrain
    Met tout en train.

Voyez la bonne compagnie
Danser ou jouer froidement;
Avec bon ton elle s'ennuie,
C'est là son seul amusement.
Qu'un luron gaîment se présente,
Bientôt avec lui chacun chante;
Et grace à lui l'on rit soudain :

17

Un gai refrain
Met tout en train.

Une fillette jeune et belle
M'inspire la plus vive ardeur ;
Mais si je la trouve rebelle,
Me livrerai-je à la douleur ?
Non ; à cette beauté touchante,
Dans mon martyre, moi, je chante :
Un couplet me livre sa main :
   Un gai refrain
   Met tout en train.

Dans tous les états de la vie,
   La chanson
  A toujours raison ;
   Vainement
  Le pauvre mendie,
Lorsqu'il tend la main tristement.
S'il chante un léger vaudeville,
Dumollet ou bien *Romainville*,
Il séduit jusqu'au plus vilain.
   Un gai refrain
   Met tout en train.

Houra, crie un soldat sauvage,
Lorsque contre nous il se bat;
Toujours joyeux, plein de courage,
En chantant le français combat.
Au son des clairons, des trompettes,
Il entonne ses chansonnettes,
Et eourt à l'ennemi soudain :
    Un gai refrain
    Met tout en train.

On chante au spectacle, à la messe,
On chante et plaisir et chagrin;
L'amoureux chante sa maîtresse,
Et le buveur chante le vin.
Sur maint exemple je me fonde,
Au ciel, sur la terre et sur l'onde,
D'un bout du monde à l'autre enfin,
    Un gai refrain
    Met tout en train.

●●●

LE VIEILLARD PHILOSOPHE.

Air de la Vaudreuil

Je n'y vois goutte,
Et j'ai la goutte,
Mais je suis gai, grace au vin que je goûte ;
J'ai l'esprit jeune,
Point je ne jeûne,
Mon appétit
Ne fut jamais petit.
Solliciteurs, des grands toujours a l'heure,
D'un fol espoir tous les jours on vous leure ;
Soit duc, ou comte,
Vous fait un conte,
Puis vous mourrez de faim au bout du compte ;
Je veux qu'on m'aime,
Mais pour moi-même ;
Un homme bon
Ne fait jamais faux bond :
Foin des grands mots
Qui causent tant de maux !

Si j'ai quelques défauts,
En rien je ne suis faux ;
Enfin, du temps vainqueur,
J'éprouve dans mon cœur,
Et j'exprime en mes chants
Qu'on n'est heureux qu'aux champs.

(Reprise.)

Je n'y vois goutte, etc.

A la campagne ,
J'ai ma compagne
Qui, pour charmer mes vieux ans, m'accompagne;
Là, sous ma tente ,
Rien ne me tente ,
Et d'être mari
Je ne suis pas marri.
Las ! de nos jours, je sais plus d'un ménage ,
D'où Cupidon sans retard déménage;
Grace à ma muse ,
Moi je m'amuse ,
Ou j'entends lire ,
Ou bien je prends ma lyre ;
Je ne crains guere
Pour nous de guerre;

Pauvres et vieux,
Bravant les envieux,
  Tous, bonnes gens,
Nous sommes indulgens ;
Ni le jour, ni la nuit,
Nul voisin ne nous nuit ;
A personne on ne doit,
Nul ne vous montre au doigt,
Et bien mieux qu'à la cour,
Le temps nous semble court.

    (Reprise.)

A la campagne, etc.

•••

LES BAMBOCHES.

AIR : Des Farces.

JUSQU'ALORS j'ai passé mon temps
Dans les doux plaisirs de la table ;
Mais l'âge mûr vient, et je sens
Qu'il faut être enfin raisonnable.
Je prétends donc en rester là ,
Crainte de quelques anicroches ;
Assez de *farces* comme çà ,
Faisons à présent des *bamboches*.

Lorsqu'encor on ne connaît rien ,
Et que même à peine l'on pense,
Les *bamboches*, on le sait bien ,
Sont la première jouissance.
Mais quand nous cessons d'être enfans ,
N'agissant plus comme des *mioches* ,
Nous recherchons les grands talens ,
Et souvent ce sont des *bamboches*.

Monsieur Credule unit son sort
Au sort de femme sans pareille ;
Il ne lui connaît pas un tort ;
Suivant lui, c'est une merveille.
Pour son hymenée il entend
Avec plaisir sonner les cloches,
Puis, le lendemain il apprend
Que la dame a fait des *bamboches.*

Le menteur jurant ses grands dieux ;
Normand, qu'un procès intimide ;
Gascon, qui fait le valeureux
Et soutient qu'il est un Alcide ;
Rimeur, qui se croit immortel ;
Lais qui se dit sans reproches ;
Sermens d'un amour éternel...
Tout cela ne sont que *bamboches.*

J'entends quelques censeurs, parfois,
Blâmer votre folie aimable ;
Trouvant vos couplets trop grivois,
Ils voudraient vous voir froids à table,
« Ces couplets sont de mauvais ton, »
Répètent certaines *caboches ;*

Moquons-nous du qu'en dira-t on ,
Faisons *bamboches sur bamboches.*

Le pauvre, ainsi que le richard ,
Le fou, de même que le sage ,
Et le jeune homme et le vieillard ,
Font tous, enfin , le long voyage.
Quand le soit , dictant ses arrêts ,
Nous guidera vers le grand coche ,
En chantant faisons nos paquets ,
C'est notre dernière *bamboche.*

●●●

MON DOCTEUR *.

Air du vaudeville des Dehors trompeurs

Mon docteur est un homme aimable ;
Quoiqu'il ne soit beau, ni bien fait,
Ma femme le trouve agréable :
On est toujours bien quand on plaît.
Avec moi ma femme est souffrante,
Elle est triste, elle a de l'humeur,
Mais elle est gaie et bien portante
Dès qu'elle aperçoit son docteur.

Ce docteur, levant tout obstacle,
M'envoie aux champs malgré l'hiver ;
Il conduit ma femme au spectacle,
Au bal, au musée, au concert.
Quand je reviens, cet homme habile
Dit : « Suivez ce que je prescris ;

---

* Le docteur et le mari en question sont tous les deux dé-
funts, sans cela je n'aurais pas publié ces couplets.

« Allez souvent dîner en ville,
« En tous les temps faites deux lits. »

D'une santé bien chancelante,
Ma femme éprouva l'autre soir
Une faiblesse inquiétante :
Jugez quel fut mon désespoir !
Mais, pour me servir, tout de flamme
Cet aimable docteur me dit :
« Je reste, et soignerai madame... »
Auprès d'elle il passa la nuit.

Ainsi qu'un oracle on l'écoute ;
Dans ma maison il fait la loi ;
Il a, comme bien on s'en doute,
Toujours son couvert mis chez moi.
Chacun le croit de la famille ;
En un mot, dans ses soins constans,
Il aime mon fils et ma fille
Comme s'ils étaient ses enfans.

JE SUIS AU BOUT DE MON ROULEAU.

Air: On dit que je suis sans malice.

Afin d'égayer mainte fête,
Je *roule* toujours dans ma tête
    Quelque refrain
    Qui mette en train
Tous les convives d'un festin ;
Mais ma volonté devient vaine,
Je sens se refroidir ma veine ;
Plus de refrain qui soit nouveau,
Je suis au bout de mon rouleau.

Lorsque l'on veut former son style,
Combien le latin est utile ?
Virgile, Horace et Cicéron
Vous mènent seuls à l'Hélicon.
Par malheur, pendant mon enfance,
J'ai négligé cette science ;
Et lorsque j'ai dit mon *Credo*,
Je suis au bout de mon rouleau.

Sans posséder un seul domaine,
Je me croyais l'autre semaine ,
Le plus riche de ce pays ,
J'avais un *rouleau* de louis ;
Voulant bien finir ma journée,
Au jeu je fis une tournée....
Le soir, grace au double zéro ,
J'étais au bout de mon rouleau.

Jeune , j'avais une bergère,
Je la *roulais* sur la fougère ,
Et dans mes amoureux accès
Vingt fois par jour je l'embrassais.
Maintenant , m'exposant au blâme ,
Quand j'ai dit bonsoir à ma femme ,
S'il faut répéter *subitò* ,
Je suis au bout de mon rouleau.

Je suis un bon convive à table ;
J'aime que le vin soit potable ;
Riant et chantant de bon cœur,
Je tiens tête au meilleur buveur .
Mais quand ma raison déménage ,
Je m'arrête , car je suis sage ,

18

Et dis, *roulant* sous le tonneau :
Je suis au bout de mon rouleau.

Pendant quarante ans, pauvre hère,
J'ai *roulé* mon corps sur la terre ;
Quand chez Pluton je me rendrai,
Ce jour encor je *roulerai.*
Puisque nul ne peut s'en dédire,
C'est alors qu'on m'entendra dire,
Au vicaire ainsi qu'au bedeau :
Je suis au bout de mon rouleau.

FIN.

TABLE

DES CHANSONS

CONTENUES DANS CE VOLUME.

—————

212

FIN DE LA TABLE.

ERRATA.

Page 32, au lieu de *Partisan*, lisez : *Partisans*.

Page 84, au lieu de *En beaux systèmes l'un s'épuise*, lisez : *l'on s'épuise*.